파우스트 1

 재생종이로 만든 책

요한 볼프강 폰 괴테

파우스트 1

김재혁 옮김

펭귄 클래식 코리아

파우스트 1

1판 1쇄 발행 2012년 4월 30일
1판 15쇄 발행 2023년 4월 17일

지은이 | 요한 볼프강 폰 괴테 옮긴이 | 김재혁
발행인 | 이재진 단행본사업본부장 | 신동해
편집장 | 김경림 마케팅 | 최혜진 최지은 홍보 | 반여진 허지호 정지연
국제업무 | 김은정 김지민 제작 | 정석훈

브랜드 펭귄클래식 코리아
주소 경기도 파주시 회동길 20
문의전화 031-956-7066 (편집) 031-956-7127 (마케팅)
홈페이지 www.wjbooks.co.kr
인스타그램 www.instagram.com/woongjin_readers
페이스북 https://www.facebook.com/woongjinreaders
블로그 blog.naver.com/wj_booking

발행처 ㈜웅진씽크빅
출판신고 1980년 3월 29일 제406-2007-000046호.

Penguin Classics Korea is the Joint Venture with Penguin Random House Ltd.
Penguin and the associated logo are registered and/or unregistered trademarks of
Penguin Random House Limited. Used with permission.
펭귄클래식코리아는 펭귄랜덤하우스와 제휴한 ㈜웅진씽크빅 단행본사업본부의 브랜드입니다. 펭귄 및 관련 로고는 펭귄랜덤하우스의 등록 상표입니다. 허가를 받아야만 사용할 수 있습니다.

이 책은 저작권법에 따라 보호받는 저작물이므로 무단 전재와 무단 복제를 금지하며, 책 내용의 전부 또는 일부를 이용하려면 저작권자와 ㈜웅진씽크빅의 서면 동의를 받아야 합니다.

한국어판 ⓒ 웅진씽크빅, 2012

ISBN 978-89-01-14493-1 04800
ISBN 978-89-01-08204-2 (세트)

• 잘못된 책은 구입하신 곳에서 바꾸어 드립니다.
• 책값은 뒤표지에 있습니다.

차례

헌시(獻詩) · 7
무대에서의 서곡 · 9
천상의 서곡 · 18

비극 제1부 · 25

옮긴이 주 · 267

2권 차례

비극 제2부
제1막 · 9 / 제2막 · 107
제3막 · 205 / 제4막 · 283 / 제5막 · 337
작품해설 /『파우스트』속으로 흐르는 리듬과 생명의 이야기 · 393
작가 연보 · 408 / 옮긴이 주 · 426

헌시(獻詩)

어서 오라, 너희 떠도는 형상들아!
지난날 이 침침한 눈길에 보였던 너희,
이번엔 정말 한번 붙잡아 볼까?
이 마음 다시 공상[1]에 젖어보고 싶어.
그래, 어서 몰려와! 마음껏 놀아봐라,
희뿌연 안개 헤치며 여기서 떠돌아라.
너희의 숨결과 마법의 바람을 쐬어
이 가슴 한결 젊게 쿵쿵 요동친다.

너희가 옛 행복했던 시절을 데려와
내 사랑했던 숱한 그림자들[2] 떠오른다,
이제 아스라이 사라져가는 옛 전설처럼
첫사랑과 우정도 아련히 떠오른다.
아픔은 되살아나고, 삶의 미로만 같은
이 정처 없는 방랑길에 탄식만 되뇌며
정겨웠던 사람들을 불러본다, 한창때

운명에 속임을 당해 앞서 간 이들아.

나의 첫 노래를 들었던 사람들은
나의 이번 노래는 듣지 못하리라.[3]
나의 친구들은 먼지처럼 사라졌고
종소리 되었으니! 아, 첫 메아리도.
이제 낯선 이들에게 노래를 들려주니,
그들이 보내는 갈채에 가슴만 싸하다.
내 노래를 듣고 기뻐했던 사람들은
살아도 흩어져 방황하고 있을 테니.

나를 사로잡는 것은 오래전에 버렸던
마음속 사무치는 정적에 젖은 정령의 나라.
이제 내 속삭이는 노랫소리는 바람에 울리는
하프처럼 시시각각 다채롭게 울려 퍼진다.
몸서리가 쳐지고, 눈물이 줄줄 흐른다,
굳었던 마음도 누그러져 부드러워진다,
지금 내 품에 있는 것들은 멀리 보이고,
지난날 사라졌던 것들은 현실이 된다.

무대에서의 서곡

(단장, 작가, 어릿광대)

단장
  자네 둘은 내가 어려움에 처해
  힘이 들 때마다 날 도와주었어.
  앞으로 독일에서 우리가 하는
  사업이 어떨 것 같은가?
  나는 많은 사람들을 즐겁게 해주고 싶네,
  사람들은 서로 사이좋게 살아가니까 말이야.
  기둥들도 세우고 멍석도 깔아놓았으니,
  다들 한 판 벌어지기만을 기다리고 있어.
  차분히 앉아서 미간을 잔뜩 찌푸리고서
  뭔가 놀라운 것을 기대하고 있네.
  사람들의 마음을 사는 법을 난 알아,
  하지만 이번처럼 당혹스럽기는 처음이야.
  이들이 대단한 작품을 잘 알아서가 아니라,
  독서량이 엄청나서 그런 거라네.

어쩌면 좋을까? 아주 산뜻하면서도 새롭고
의미심장하면서도 재미있게 하려면 말이야.
사람들이 몰려오는 것을 보고 싶네,
우리 가설무대를 향해 밀물처럼 몰려오는 걸.
그리고 계속해서 큰 고통을 겪으면서도
그 좁은 은총의 문을 뚫고 들어가려고,
백주 대낮에 그것도 4시[4]도 안 돼서부터,
서로 밀치며 매표소까지 몰려가서
기근 때 한 조각 빵을 얻으려 빵집 문 앞에 매달리듯,
표 한 장을 구하려고 목이 부러져라 덤비는 걸 말이야.
이런 기적을 온갖 사람들에게 행할 수 있는 사람은
작가뿐이야. 이보게나, 오늘 그 기적을 일으켜보게!

작가

그런 잡스런 인간들 얘기는 그만둬요,
그런 인간들 꼴을 보기만 해도 정신이 없거든요.
물결치는 저 인파 좀 안 보이게 해줘요,
저런 걸 보면 나도 모르게 말려들게 되니까요.
차라리 나를 조용한 하늘 한 구석에 있게 해줘요,
그곳에서만 작가는 순수한 기쁨의 꽃을 느끼고,
그곳에서만 사랑과 우정이 듬뿍 자라나
우리 마음에 신의 손길로 축복을 내리니까요.
아! 우리 가슴속 깊은 곳에서 솟아나
우리의 입술이 부끄러이 중얼거린 것들,
때론 시원찮고 때론 그럴싸해 보이는 것들,
모두 순간의 거친 힘에 삼켜지고 맙니다.
여러 해를 싸워서 견디고 나서야

완벽하게 완성된 모습으로 나타나지요.
반짝이는 것은 순간만 존재할 뿐이지만
참된 것은 후세에도 잊히지 않는 법입니다.

어릿광대

후세라는 말은 하지 말았으면 좋겠네요.
나까지 나서서 후세 어쩌고저쩌고 하면
우리가 사는 이 세상은 누가 웃겨주나요?
사람들은 즐거운 걸 좋아하고, 본디 그래야지요.
괜찮은 녀석 하나 정도 있는 것도
그리 나쁠 건 없다고 생각해요.
기분 좋게 웃길 줄 아는 사람이야
사람들이 뭐라 하든 뭐 그리 신경 쓰나요.
관객이 많으면 많을수록 더 좋아요,
그래야 더 신이 나서 이들의 마음을 흔들어놓지요.
당신도 어디 제대로 한번 본때를 보여봐요,
환상을 펼쳐봐요, 합창도 넣어서,
이성과 상식과 감성과 열정도 보여줘요.
하지만 명심해요! 어릿광대도 한몫해야죠.

단장

그러나 무엇보다 사건이 많이 들어가야 하네.
사람들은 뭔가 보고 싶어 오는 거야, 무엇이든.
수많은 사건이 정신없이 눈앞에서 벌어지면
사람들은 입을 헤벌리고 바라보게 돼 있네.
그러면 그야말로 장땡이야,
자넨 인기 작가가 된 거니까.
대중을 상대하는 법은 물량공세밖에 없어,

그러다 보면 각자 자기 마음에 드는 걸 찾는 거야.
　많이 내놓다 보면 각자 자기 몫을 챙기게 되지,
　그러면 다들 흡족한 마음으로 돌아갈 거야.
　작품 하나를 여러 개로 쪼개서 내놓으라고,
　그런 잡탕 하나 만드는 거야 식은 죽 먹기 아닌가.
　쉽게 꾸며낸 것은 공연하기도 수월하지.
　아무리 자네가 완벽한 작품을 내놓아도
　사람들은 어떻게든 그걸 찢어가지고 갈 거야.

작가
　그런 짓이 얼마나 치사한 건지 모르나 보군요.
　그런 짓은 참된 예술가에겐 걸맞지 않아요!
　당신은 겉만 말쑥한 돌팔이들이나 하는 짓을
　어느새 좌우명으로 여기고 있군요.

단장
　그렇게 쏘아붙여 봤자 난 눈 하나 꿈쩍 안 하네.
　뭔가 제대로 해보려면
　거기에 맞는 연장을 써야 하는 거야.
　자네가 쪼갤 나무는 그리 단단한 게 아니라고, 알았나?
　한번 생각해 보게, 대체 누구를 위해 글을 쓰는 건지!
　어떤 사람들은 심심해서 오고, 또 어떤 사람들은
　너무 먹어 잔뜩 부른 배를 꺼뜨리려고 오지.
　가장 골치 아픈 것은 말이야,
　잡지 같은 거나 읽다 오는 사람들도 있다는 거야.
　가면무도회에 가듯 기분이나 풀러 오는 거야,
　호기심에 발걸음을 재촉하는 거야.
　숙녀들은 과시하듯 온몸을 치장하고 나와

함께 연기를 하는 폭이야, 돈 한 푼 안 받고.
자넨 시인의 그 높은 곳에서 뭘 꿈꾸는가?
그러면서도 극장이 만원이 되면 좋아하는 건 뭔가?
당장 내려와 손님들 얼굴을 한번 살펴보게,
반은 냉담한 녀석들이고 반은 촌스런 녀석들이야.
이들은 연극이 끝나고 나면 카드놀이나 하거나,
아니면 창녀들의 품에서 거친 밤을 보내려 하지.
이 가련한 바보 같은 인간아, 자네는 뭣하러
이런 인간들 때문에 고귀한 뮤즈를 고생시키는가?
어서 자꾸 더 내놓기나 하게, 더 많이 말이야,
그러면 절대 목표에서 어긋나지 않을 거야.
어떻게든 사람들을 헷갈리게 만들게,
이들을 만족시키는 건 쉬운 일이 아니거든…….
표정이 왜 그래? 좋아서 그래? 아니면 고통스러워서?

작가

당신 말을 잘 들을 만한 다른 하인을 하나 구해 보시죠!
비굴하게 당신 때문에 작가만이 누릴 수 있는
그 지고의 권리를, 자연이 내려준
인간적 권리를 버리라는 겁니까?
작가는 무엇으로 모든 이의 마음을 흔들어놓죠?
작가는 어떻게 이런저런 걸 그리 잘 주무르죠?
그건 작가의 가슴속에서 용솟음쳐 세상을 다시 가슴속으로
얼싸안아 받아들이는 조화의 감정 덕분 아니던가요?
자연이 끝없이 그 끈을 늘어뜨리며
무심하게 물레를 잣거나,
이 세상 모든 생명의 혼잡한 무리가

짜증을 내며 뒤죽박죽 아무렇게나 소리를 지를 때,
이렇게 지루하게 천편일률적으로 흘러가는 삶을
리드미컬하게 물결치게 해주는 사람은 누군가요?
누가 자질구레한 이런저런 것들을 모아서
모두가 한데 어울려 울리는 화음을 만들지요?
누가 휘몰아치는 폭풍으로 우리의 열정을 보여주나요?
누가 불타는 저녁노을에 깊은 뜻을 부여하나요?
사랑하는 이가 밟고 오는 길에
어여쁜 봄꽃들을 뿌려주는 이 누구던가요?
누가 보잘것없는 월계수 잎으로
온갖 공적을 기리는 영예의 꽃다발을 만들죠?
누가 올림포스 산을 지키고 신들을 한데 모으나요?
그건 인간의 힘입니다, 작가의 마음속에 계시되는.

어릿광대

그렇다면 그 힘들을 한번 써보시구려,
그걸로 글 쓰는 일을 해봐요,
청춘사업을 하듯 말이오.
사람이 만나서 서로 느끼고 함께 있다 보면
조금씩 서로 엮이며 하나가 되지요.
행복이 커가다가 이내 깨지곤 하지요.
한참 기쁨에 취해 있을 때 고통이 다가옵니다.
우리도 모르는 사이 어느새 소설 하나가 됐군요.
그런 연극을 한번 만들어봅시다!
다채로운 인간의 삶 속에 두 손을 푹 담가봅시다!
누구나 그런 삶을 살지만 대개 그걸 모르죠.
어떤 것을 다루어도 재미있는 얘기가 될 거요.

색색의 이미지를 써서 약간 모호하게 만들고,
숱한 모순 속에 한 점 불꽃의 진실을 넣어주면,
최고의 술이 빚어지는 거요,
이걸로 세상 모든 이에게 생기를 주고 그들을 교화할 수 있소.
그러면 청춘의 지극히 아름다운 꽃들은
당신 연극 앞에 모여 거기에 귀 기울이고
섬세한 사람은 누구나 당신의 작품에서
가슴 찡한 자양분을 빨아 마실 거요.
그러면 이런저런 감정의 물결을 느끼며
각자 가슴에 품었던 것을 눈으로 보는 거요.
젊은이들은 누구나 당장이라도 울고 웃을 태세지요,
웅장한 것을 숭상하고 그럴싸한 것을 좋아하지요.
이미 어른이 된 사람들은 만족시키기 힘들지만
자라나는 젊은이들은 늘 감사해하며 받아들이지요.

작가
    내게도 그 시절을 돌려줘요.
그 시절엔 나도 성장 중이었고,
그 시절엔 노래의 샘에서
노래들이 끊임없이 솟구쳐 나왔고,
그 시절엔 안개가 내게 세상을 가려주었고,
꽃봉오리가 기적을 약속해 주었으며,
그 시절 나는 계곡마다 만발했던
꽃들을 숱하게 꺾곤 했지요.
가진 것은 없었어도 난 부자였죠,
진리를 향한 열망과 상상의 기쁨이 있었으니까요.
굴레 벗은 지난날의 그 충동을,

아픔을 가득 머금은 그 깊은 행복을,
미움의 힘과 사랑의 힘을,
내 청춘을 돌려줘요!

어릿광대

여보시오, 청춘이 필요할 때라고 한다면 말이오,
전쟁터에서 당신을 향해 적군이 몰려오거나,
사랑스럽기 그지없는 아가씨들이
당신 목을 꼭 끌어안고 매달리거나,
달리기 경주를 하는데 까마득히 멀기만 한
결승점에서 월계관이 손짓을 하거나,
격렬한 회오리 춤을 추고 나서
밤새도록 먹고 마실 때 아니겠소.
이 양반아, 당신 나이엔 힘을 내서
우아하게 손에 익숙한 현금을 뜯거나,
먼저 목표를 정해 놓고서 비록 헤매더라도
즐거운 마음으로 앞으로 나아가는 것,
그것이 당신의 의무라오.
그렇다고 당신을 향한 존경심이 줄어드는 것도 아니고,
늙으면 애가 된다고 말들 하지만,
사실 늙으면 우리 안에 있는 참된 아이를 알게 되지요.

단장

이제 지껄일 만큼 족히 지껄였으니까
어서 행동을 보여주게나.
이제 쓸데없는 소리나 지껄이지 말고
뭔가 유용한 일을 해보자고.
분위기 어쩌고저쩌고 떠들어봤자 무슨 소용인가?

우물대는 자에겐 시적 분위기 같은 건 생길 리 없네.
자네가 작가라 했겠다,
그렇다면 어서 시에게 명령을 내려보게.
여기서 필요한 게 뭔지는 다 알고 있을 거야,
우리는 독한 술을 꿀컥꿀컥 들이켜고 싶네.
나를 위해 어서 술을 빚어보게나!
오늘 하지 못하면 내일도 못 하는 거야.
단 하루도 헛되이 보내서는 안 돼,
결단의 마음으로 당장 가능한 것의
머리채를 움켜잡아야 하네.
해낼 수 있는 것을 일단 잡으면 놔주면 안 돼,
일단 잡았으니 끝까지 가는 거야.

자네도 알겠지만, 우리 독일 무대에서는
각자 한번 해보고 싶은 것을 시도하지.
그러니까 오늘은 절대 아끼지 말게,
무대배경이든, 기계장치[5]든 말이야.
큰 하늘의 빛과 작은 하늘의 빛[6]을 쓰게나,
별들도 쓰고 싶은 대로 써보게.
물이나 불, 암벽,
짐승이나 새들도 얼마든지 쓰게나.
자, 이 비좁은 가설무대 안에서나마
이 우주의 온 구석을 두루두루 거닐어보세,
깊은 생각에 잠겨가며 어서 돌아보는 거야,
하늘나라로부터 이 세상을 거쳐 지옥까지.

천상의 서곡

(주(主), 천사들의 무리, 나중에 메피스토펠레스 등장.
세 대천사가 앞쪽으로 걸어 나온다.)

라파엘

    태양은 옛 가락으로 노래하며
    형제 별들과 자웅을 겨루면서
    본디 정해진 여정에 따라
    우레 같은 걸음으로 걷는다.[7]
    태양의 그 모습을 보노라면
    우리 천사들은 알 수 없는 힘이 솟는다.
    이루 말할 수 없이 숭고한 그 업적은
    천지창조가 있던 첫날처럼 눈부시구나.

가브리엘

    그리고 지구의 장려한 모습 역시
    빠르게, 상상할 수 없을 만큼 빠르게 바뀐다.
    천국 같은 밝은 모습은 어쩔 수 없이

깊고 무서운 밤에게 자리를 내준다.
바다는 일렁일렁 물결치며 암벽의
깊은 뿌리에 부딪쳐 물거품을 뿜으며 솟구친다.
그리고 암벽과 바다는 급속도로 돌아가는
천체의 영원한 운행 속으로 휘말린다.

미하엘
그리고 폭풍우들은 서로 뒤질세라
바다에서 육지로, 육지에서 바다로 몰아치며
미친 듯 날뛰며 사방팔방에 줄줄이
깊고 깊은 영향력을 뻗친다.
사정없이 번쩍이는 번갯불은
천둥이 지나갈 길을 미리 밝는다.
그러나 당신의 사자들은, 주여, 주께서 베푸시는
부드럽게 흘러가는 하루를 찬양합니다.

셋이 다 함께
그 모습을 보노라면 천사들은 힘을 얻습니다,
당신의 그 깊은 뜻을 어찌 헤아릴 수 있겠나이까,
당신이 베푸시는 일마다
창조의 첫날과 다름없이 눈부시나이다.

메피스토펠레스
이렇게 주님께서는 우리에게 오시어
우리가 어떻게 사는지 물어보시고,
때로 이렇게 소인의 얼굴을 보았지요.
소인은 다른 종들과 함께 이렇게 있나이다.
봐주세요, 소인은 고상한 말을 할 줄 몰라서요,
여기 있는 모든 분이 비웃어도 어쩔 수 없죠.

내가 열변을 토해 봤자 주님은 웃기만 하겠지요.
　　웃음이라는 게 꼭 배워서 웃는 건 아니니까요.
　　해와 별 같은 건 소인은 모르지요.
　　내 눈에는 고통 속에 헤매는 인간들만 보일 뿐이죠.
　　이 지상의 작은 신들[8]은 예나 지금이나 다름없죠.
　　창조의 첫날이나 다름없는 묘한 존재이죠.
　　어쩌면 이들은 괴로움이 덜했을지도 모르죠,
　　당신이 이들에게 천상의 빛을 주지 않았다면요.
　　이들은 이 천상의 빛을 이성이라고 부르며
　　이걸 이용해서 짐승들보다 더 짐승스러워지지요.
　　제가 보기에는 ─ 이런 표현을 양해해 주십시오 ─
　　이들은 다리만 긴 메뚜기에 불과합니다.
　　이들은 풀쩍 뛰어 하늘을 날다가 이내
　　다시 풀밭에 내려앉아 밤낮 같은 노래를 부르지요.
　　그냥 풀밭에나 처박혀 있으면 좋을 것을!
　　물불 안 가리고 아무 데나 다 참견하지 말고.

주님

　　내게 하고 싶은 말이 고작 그건가?
　　네놈은 늘 불평불만만 늘어놓는구나.
　　대체 지상에는 마음에 드는 게 하나도 없느냐?

메피스토펠레스

　　그렇습니다, 주님! 그곳은 정말 엉망진창입니다.
　　비참하게 살고 있는 인간들이 정말 불쌍합니다,
　　하도 불쌍해서 나도 괴롭히고 싶지가 않아요.

주님

　　너는 파우스트를 아느냐?

메피스토펠레스

   그 박사요?

주님

   내 종9)이다.

메피스토펠레스

   당신을 섬기는 그 사람의 방식은 정말 특이하지요.
   그 멍청한 친구가 먹고 마시는 건 지상의 것이 아니죠.
   그 친구는 안에서 들끓는 게 있어 자꾸만 먼 곳을 바라보지요,
   그 친구도 자신의 미친 짓을 어슴푸레 알고는 있어요.
   하늘에 대고는 가장 아름다운 별들을,
   지상에 대고는 최고의 향락을 요구하지요.
   먼 것이든 가까운 것이든 어느 것도
   들뜬 그의 가슴을 만족시킬 수 없지요.

주님

   그가 지금이야 혼돈쯤 겪으면 어떠냐?
   내가 그를 곧 밝은 세계로 인도할 텐데.
   정원사는 알지, 나무가 푸르러지면
   머지않아 꽃과 열매가 세월을 장식하리라고.

메피스토펠레스

   뭘 거시겠어요? 그 친구를 잃고 말 텐데요.
   그저 허락이나 해주시죠,
   그 친구를 내 방식대로 이끌도록 말입니다.

주님

   그가 지상에 살고 있는 한,
   그건 네 뜻대로 해도 좋다.
   인간이란 노력하는 동안엔 방황하기 마련이다.

메피스토펠레스
　이렇게 고마울 수가. 죽은 자들 몸에
　손대는 것이 저는 질색이거든요.
　오동통하고 장미처럼 붉은 뺨이 최고지요.
　송장이 찾아오면 저는 집에 없어요.
　고양이처럼 저도 살아 있는 쥐가 좋아요.
주님
　좋다. 어서 그렇게 해보도록 해라!
　이 정신을 원천에서 떼어내
　네 능력껏 움켜잡고서 인도해 봐라,
　저 아래 네 길로 말이다.
　이런 고백을 할 때가 되면 네 스스로 창피할 줄 알아라,
　아무리 어둔 충동에 내맡겨질지라도
　선한 인간은 올바른 길을 잃지 않는다고 말이다.
메피스토펠레스
　그거 좋군요! 오래 걸릴 것도 없어요.
　저야 내기에 진다는 생각은 안 하죠.
　제가 목적을 이루면
　목청껏 승리를 외치게 해주십시오.
　그 친구는 흙이나 처먹게 될 겁니다, 마음껏 말이죠,
　저 유명한 제 아주머니 뱀[10]처럼 말이죠.
주님
　그래, 네 마음대로 하려무나.
　나는 너 같은 녀석을 한 번도 미워해 본 적이 없다.
　뭐든 안 된다고 우겨대는 악다구니들 중
　너 같은 익살꾼이야 전혀 신경도 쓰이지 않는다.

인간이라는 게 뭔가 일을 하다 보면 금세 지쳐서
당장이라도 쉬고 싶어 하니,
너 같은 악마를 그의 친구로 삼아주려 한다.
악마로서 자극하며 마음껏 해보라고.
그러나 너희들, 진정한 신의 아들들[11]아,
넘치듯 생동하는 아름다움을 누려라!
생성되어 가며 영원히 살아 움직이는 기운[12]이
사랑의 고상한 절제미로 그대들을 감싸리라,
그리고 너희들 곁에서 너울대는 것들을
너희들의 마음속에 영원히 붙들어 매도록 하라.

(하늘이 닫히고 대천사들은 제각각 흩어진다.)

메피스토펠레스 (혼잣말로)

가끔 저 노인네를 보는 게 나쁘진 않아,
좋은 관계가 깨지지 않도록 조심해야지.
저렇게 높으신 분이 나 같은 악마와
인간적으로 말을 나누시다니 참 괜찮은 분이셔.

비극 제1부

밤

(비좁고 천장이 높은 고딕식 방에 파우스트가 스산한 표정으로 책상에 앉아 있다.)

파우스트

어쩌란 말인가! 나는 철학,
법학과 의학,
아니 신학13)까지도 공부해 보았다!
열과 성을 다해 속속들이 공부했다.
그래 봤자 나는 여전히 형편없는 바보야!
전보다 똑똑해진 게 하나도 없다.
석사니 박사니 하는 칭호를 갖고
하마 10년이 넘도록
제자들의 코를 움켜잡고
산으로 계곡으로 쏘다녔건만
깨달은 거라곤 아무것도 알 수 없다는 것뿐!
가슴이 바짝바짝 타는 것만 같다.

하기야 내가 세상의 엉터리 같은 녀석들,
박사니 석사니 서기니 성직자보다야 낫지,
나는 의구심이나 양심의 가책 같은 건 없다.
지옥이나 악마 같은 것도 두렵지 않다.
그러나 대신 나는 모든 기쁨을 빼앗겼다,
나는 뭔가 제대로 아는 것도 없으며
사람들에게 뭔가 가르쳐 이들의 마음이나
태도를 고칠 수 있다고 생각지도 않는다.
게다가 가진 재산도 돈도 없고
이 세상의 명예도 영화도 누리지 못한다,
개도 이렇게 살기는 원치 않을 거다!
그래서 나는 스스로를 마법에 맡겨버렸다,
혹시라도 정령의 힘과 입을 빌면
많은 비밀을 알 수 있지 않을까,
알지도 못하는 걸 공연히 진땀만 흘리며
말하려고 헛수고할 필요가 없지 않을까,
세상의 가장 안쪽에서 세상을 합쳐주는 게[14]
무엇인지 알아낼 수 있지 않을까,
은밀한 모든 힘의 씨앗을 엿볼 수 있지 않을까,
괜히 말을 찾으려고 애쓸 필요가 없지 않을까.

오, 휘영청 밝은 달빛아, 네가 이 고통스런
내 모습을 내려다보는 게 마지막이었으면!
내가 숱한 밤을 지새울 때마다
너는 이 책상 위로 살며시 다가오곤 했지.
여기 이 책들과 종이 위에 빛을 드리우며

내 머리 위로 떠오르곤 했지, 내 서글픈 친구야!
아! 저 높은 산등성이 위로
네 다정한 빛을 따라 걷고 싶다,
산속 동굴 주위로 정령들과 떠돌고 싶다,
뿌연 네 빛을 받으며 초원을 누비고 싶다,
질식할 듯한 지식의 연기에서 벗어나
너의 이슬로 건강하게 목욕하고 싶다!

젠장! 아직도 이런 움막에 처박혀 있어야 하나?
답답하기 짝이 없는 개구멍 같은 곳에 말이다.
다정한 햇살조차도 채색 유리창에 막혀
희미하게 비칠 뿐이다!
이 산더미 같은 책들 속에 파묻혀
좀 슬고 먼지투성이에
천장까지 빼곡히 쌓인 책들 속에,
곳곳에 누런 갈피가 꽂혀 있는 책들 속에.
유리병들과 상자들이 나뒹굴고
온갖 도구들이 곳곳에 널려 있고,
조상들이 쓰던 가재도구들만 가득하다.
이게 네 세계다! 무슨 세계가 이런가!

아직도 모르겠는가, 네 가슴이
왜 이리 불안스레 답답한지?
왜 이리 알 수 없는 고통이
요동치려는 생을 막아서는지?
신이 인간들에게 살라고 만들어준

자연 속에 살지 않고 너는
그을음과 곰팡이로 뒤덮인 채
동물 뼈와 해골들에 둘러싸여 있다.

도망쳐라! 어서! 드넓은 땅으로 나가라!
여기 노스트라다무스가 손수 쓴
이 신비스러운 책만 있으면
네게 충분한 길잡이가 되지 않는가?
그러면 별자리의 움직임도 깨닫고,
또 자연이 네 선생이 되어 가르치면
네 마음의 힘이 드높아져 알게 되리라,
한 영혼이 다른 영혼에게 말하는 것을.
이곳에 앉아 아무리 골머리를 썩여도
성스러운 기호들을 알 수는 없는 일.
내 곁을 떠도는 너희 정령들아,
내 말이 들리거든 어서 대답해라.
(책을 펼쳐 대우주의 기호를 들여다본다.)
이야! 이 책을 보니까 짜릿한 기쁨이
갑자기 내 온 감각에 속속들이 스미는군!
싱싱하고 성스러운 삶의 기쁨이 다시 타오르며
내 온 신경과 핏줄 사이로 흐르는 것 같다.
여기 이 기호들은 신이 적어놓은 걸까?
이걸 보니 날뛰던 마음이 가라앉고
이 가난한 가슴에 기쁨이 가득 차고,
웬 알 수 없는 힘이 솟는지
내 주변의 자연의 힘들이 눈에 보인다.

내가 신이 된 걸까? 모든 게 훤히 보인다!
이 순수한 기호들을 보니 내 영혼 앞에
약동하는 자연이 훤히 보인다.
이제야 그 현자[15]가 한 말뜻을 알겠다.
"정령들의 세계는 닫혀 있지 않다.
네 마음이 닫혀 있고, 네 가슴이 죽었다!
제자여, 어서 일어나 이승에 절은
가슴을 아침노을에 씻어라!"
(기호를 찬찬히 살펴본다.)
각각의 것이 모여 전체[16]를 직조해 내니,
서로가 서로의 속에서 움직이며 살아 있다!
하늘의 힘들은 오르고 내리면서
서로에게 황금 두레박[17]을 건네는구나!
날갯짓으로 축복의 향기를 풍기며
하늘에서 땅으로 밀려오나니
삼라만상이 조화롭게 울려 퍼지는구나![18]

정말 멋지군! 그러나 아, 내겐 그림의 떡일 뿐!
어디 가서 너를 움켜쥘 수 있나, 무한한 자연이여?
너희 젖가슴들을 어디 가서? 모든 삶의 원천이여,
하늘도 땅도 너희를 빨고,
메마른 가슴은 너희를 갈망하는데,
너희의 젖은 솟아 젖을 물리지만, 내겐 아니구나.

(시큰둥한 표정으로 책장을 넘기다가 지령(地靈)의 기호가 나타나자 그것을 들여다본다.)

이 기호는 내게 주는 느낌이 사뭇 다르다!
너, 지령아, 네가 내겐 더 가깝구나.
어느새 나는 힘이 더욱 치솟는다,
새 포도주를 마신 것처럼 몸이 훈훈해진다,
그냥 이 세상을 향해 달려가
이 지상의 고통과 행복을 다 맛보고
폭풍우에 휘말려
배가 우지끈 난파해도 끄덕하지 않으련다.
내 머리 위엔 구름이 덮쳐 오고,
달은 빛을 감춘다.
등불은 꺼졌다!
주위가 희뿌옇게 변한다! 붉은 빛살이
내 머리 주위에서 요동친다. 휙 바람이 분다.
천장에서 찬 기운이 몰아쳐
나를 휘감는다!
내 주위를 떠도는 게 느껴진다, 내가 간청했던 정령아.
어서 모습을 보여라!
오, 가슴이 찢어질 것만 같다!
새로운 감정을 향해
나의 온 감각이 들끓어 오른다!
내 온 마음을 네게 바쳤거늘!
어서! 어서 나타나라! 내 목숨을 잃을지라도!

(그는 책을 움켜잡고 은밀한 언어로 지령의 기호를 발음한다. 붉은 불꽃이 번쩍이더니 지령이 불꽃 속에 나타난다.)

지령

　누가 나를 부르는 거야?

파우스트　(등을 돌리며)

　끔찍하게 생겼군!

지령

　나를 이렇게 당긴 것은 너야,

　네가 내 삶의 영역을 힘껏 빨아댔잖아,

　그래서 이렇게 —

파우스트

　젠장! 이건 도무지 감당할 수가 없군!

지령

　그렇게도 내가 보고 싶어서 안달이군,

　내 목소리가 듣고 싶고, 내 얼굴이 보고 싶어서.

　그렇게도 안달복달을 하니, 원 참,

　그래, 나 여기 왔다! 그런데 웬 놈의 하찮은

　두려움인가, 너 같은 초인이! 속으로 그렇게 외쳐대더니만?

　그 잘난 가슴은 어디 갔나? 제 안에 세상을 창조해서

　품고 가꾸면서 점차 우쭐함에 간이 커져서는

　우리 정령들하고 맞먹겠다고 설쳐대더니.

　어디 있나, 파우스트? 그 목소리는 누구 거였지?

　그렇게도 치근대며 내게 달려들더니만?

　그게 너였던가? 내 입김을 쏘여

　온 생의 밑바닥까지 부르르 떨던

　가련하기 짝이 없게 움츠린 벌레가?

파우스트

　내가 너 같은 불꽃 형상쯤이야 겁낼 것 같으냐?

그래, 바로 나다, 나 파우스트다, 너와 다를 게 없다.

지령

생명의 물결을 타거나, 행위의 폭풍우에 휩쓸리며

나는 위아래로 일렁이고

이리저리 누빈다!

출생과 무덤,

영원한 바다,

쉼 없는 직조,

타오르는 생명,

이렇게 나는 시간의 윙윙대는 베틀에 앉아

신의 살아 있는 옷을 짠다.

파우스트

이 넓은 세상을 이리저리 떠도는 너,

분주하기 짝이 없는 정령아, 너는 나와 참으로 닮았구나!

지령

너는 네가 생각하는 정령하고나 닮았겠지,

나와 닮지는 않았어!

(사라진다.)

파우스트 (털썩 주저앉으며)

너하고 안 닮았다고?

그러면 누굴 닮았다는 거야?

나는 신을 그대로 빼닮았단[19] 말이다,

그런데 너하고도 안 비슷하다고?

(누군가가 노크하는 소리가 들린다.)

이런 젠장! 저게 누구겠어? 내 조교 녀석이야.

저 자식이 산통 다 깨놓는군.

한참 환영들과 즐기고 있는 판에
저런 멋대가리 없는 훼방꾼이 끼어들다니.

(잠옷 차림에 나이트캡을 쓴 바그너가 손에 등을 들고 들어온다.
파우스트는 마뜩잖은 표정으로 그를 쳐다본다.)

바그너
　죄송합니다! 선생님께서 뭔가 낭송하시는 소리가 들려서요.
　희랍 비극을 읽으시는 것 같던데요.
　저도 그 재주를 익혀서 뭔가 득을 보고 싶습니다.
　요새는 낭송이 대세더군요.
　사람들만 만나면 다 낭송 얘기예요.
　목사도 배우한테 한 수 배워야 한답니다.[20]
파우스트
　그야 그렇지, 만약 목사가 배우라면 말이야.
　뭐, 가끔 그런 일이 있을 수도 있어.
바그너
　아, 밤낮 연구실에 틀어박혀서
　겨우 휴일이나 돼야 세상 구경을 하는 판국이니,
　그것도 멀리서 망원경으로나 말입니다.
　그러니 언제나 세상을 설복시킬 수 있겠어요?
파우스트
　마음속으로 깊이 느끼지 못하면 어림도 없어.
　영혼에서 우러나와
　좌중을 유쾌하게 휩쓸어가며
　듣는 이의 마음을 완전히 사로잡지 못하면 안 돼.

눌러앉아서 다른 이들이 만든 맛 좋은 음식들
찌꺼기나 자르고 붙이고 하면서 죽이나 쑤게,[21]
자네의 잿더미를 뒤적거려
꺼져가는 불씨를 살려보라고!
자네가 그런 거나 해보려 한다면
아마 어린애나 원숭이들이나 감탄하겠지.
그러나 마음으로부터 우러나지 않으면
절대 다른 사람의 마음을 움직일 수 없어.

바그너

그러나 웅변가는 말솜씨가 전부입니다.
제가 한참 멀었다는 건 저도 잘 알고 있습니다.

파우스트

정말로 자네 나름대로 열과 성을 다하도록 하게.
방울만 요란하게 울려대는 바보가 되지는 말게![22]
머리가 있고 생각이 있다면
그리 재주를 안 부려도 연설이야 잘되는 법이지.
마음속에 진심으로 말하고 싶은 것이 있다면
굳이 말을 찾아 헤맬 필요가 뭐가 있는가?
사실 지금까지 인류가 고안해 낸
겉만 번지르르한 연설문이라는 것은
가을의 마른 잎들을 스치는
안개바람처럼 전혀 생기라고는 없는 것들일세!

바그너

아이고, 맙소사! 예술은 길어요!
하지만 인생은 짧습니다.
원전을 따지고 살피는 일을 할 때면

저는 머리와 가슴에 탈이라도 날까 봐 겁납니다.
원전을 따져 묻는 기술을
터득하는 일은 너무나도 어렵기만 합니다.[23]
그러니 그 길을 반도 못 가서
우리 같은 불쌍한 녀석들은 죽고 말 겁니다.

파우스트

아니, 양피지가 무슨 성스러운 샘물이라도 되냐?
그거 한 모금이면 갈증이 영원히 가시게?
그래 봤자 갈증은 가시지 않을 거야,
자네 자신의 영혼에서 솟는 샘물이 아니면 말이야.

바그너

용서해 주세요! 저한테 큰 기쁨이란 말이죠,
과거 여러 시대의 정신을 찾아 들어가
옛날의 현자들이 어떤 생각을 하였으며
어떻게 해서 이렇게 발전했는지 알아보는 것이죠.

파우스트

그래, 별에 닿을 만큼 그렇게 발전했어!
이보게, 지나간 시대는 말이야,
우리에겐 일곱의 봉인이 찍힌 책이야.
자네가 시대의 정신이라고 하는 것도
따져보면 그것을 쓴 사람들의 생각이야,
시대에 대한 자신의 생각을 담은 거지.
그러다 보니 웃지 못할 광경이 벌어지는 거야!
그런 책을 보는 순간 사람들은 도망치거든.
쓰레기통, 헛간일 뿐이야,
아니면 기껏해야 나랏일을 다룬 요설극일 뿐이지.

그냥 살아가는 데 필요한 교훈 같은 거나 담고 있어.
꼭두각시들이나 주절거리면 딱 안성맞춤일 것들이야.

바그너

그래도 이 세계라든가, 인간의 마음과 정신,
이것들은 누구나 알고 싶어 하는 주제죠!

파우스트

뭘 안다는 게 도대체 뭔가!
누가 애 이름을 있는 그대로 부를 수 있단 말인가?[24]
세상의 뭔가를 깨달은 몇몇 사람들은 말일세,
어리석게도 가슴속의 모든 것을 밖으로 드러내
자신들이 느끼고 본 것을 천한 무리에게 알리다가
자고로 십자가에 못 박혀 죽거나 화형을 당했네.
이보게, 그건 그렇고 벌써 밤이 꽤 깊었군,
오늘은 이 정도로 해두자고.

바그너

저야 밤을 꼬박 새워도 좋습니다,
선생님과 이런 학문적인 대화를 나누면서 말이죠.
하지만 내일, 부활절 첫날엔
선생님께 이런저런 것에 대해 물어보고 싶습니다.
저는 오로지 학문에만 매진해 왔습니다.
많은 것을 깨닫기는 했지만 모든 것을 알고 싶습니다.
(퇴장)

파우스트 (혼잣말로)

어쩌다가 저 머리에선 여태 희망이 사라지지 않은 걸까.
저놈의 머리는 늘 김빠진 것에 매달려 있어.
탐욕스럽게 보물을 캐려 하다가

지렁이를 발견하고서 기뻐하는 꼴하고는!

저런 놈의 목소리가 끼어들어도 되나?
영들로 충만했던 이곳에 말이야.
그렇지만 이번엔 네가 고맙다,
이 세상에서 가장 초라한 네가 말이야.
절망의 순간에 네가 나를 구해 주었으니,
절망감에 내 온 감각이 마비될 뻔했지.
오, 그렇게 엄청난 것이 나타나는 순간
나는 꼭 난쟁이가 된 것 같았어.

신을 닮은 나의 모습, 나는 이미 영원한 진리의
거울을 마주하고 있다고 생각했지,
이 지상의 아들의 티를 벗어던지고
천상의 빛과 해맑은 분위기에 취해
스스로를 케루빔[25]보다 더한 존재로 여기며,
내 자유로운 힘이 자연의 핏줄 속으로 흘러
하늘의 신들처럼 창조의 기쁨을 누리리라고
겁 없이 나댔거늘, 이 무슨 낭패란 말인가!
천둥 같은 말 한마디가 내 혼을 앗아 갔어!
너[26]와 다름없다고 생각해서는 안 되는 거야.
내 너를 이곳에 불러들일 힘은 있으나
너를 붙잡아 둘 힘은 갖지 못한 거야.
그 축복의 순간에
내 자신이 작고도 크게 느껴졌어.
너는 나를 다시 냅다 밀쳐 버렸어,

알 수 없는 인간의 운명 속으로 말이야.
누가 나를 가르쳐주지? 뭘 하면 안 되지?
그 충동이 이끄는 대로 가야 하나?
아! 우리가 겪는 고통뿐만 아니라 행동마저도
우리가 가는 인생길을 막아서는구나.

우리의 정신이 받아들인 더없이 눈부신 것에도
끊임없이 이질적인 것들이 자꾸 달라붙기 마련.
우리가 이 세상의 훌륭한 것에 다다르는 순간
더 훌륭한 것이 허상과 망상처럼 나타난다.
우리에게 생을 가능케 해주었던 장려한 느낌은
번잡한 세상살이 속에서 뻣뻣이 굳어 사라진다.

상상력이란 게 여느 때 같으면[27] 영원을 향해
힘차게 희망찬 날갯짓을 하지만
행복마다 시간의 소용돌이에 휘말리면
그저 조그만 공간에도 만족하는 법이다.
근심은 어느새 깊은 마음속에 둥지를 틀고
거기서 남모를 고통을 자아내면서
불안스레 몸을 흔들어 기쁨과 고요를 망친다.
근심은 언제고 새 가면으로 얼굴을 가린다,
가정이나, 처자식의 모습으로도 나타나고,
너는 일어나지도 않은 일을 두려워하고,
아직 손에 쥐고 있는 것들을 애통해한다.

나는 신들과 같지 못하다! 뼈에 사무친다.

흙 속에 뒹구는 벌레와 다름없구나,
흙 속에 뒹굴며 먼지를 먹고 살다가
방랑자의 발에 밟혀 죽어 파묻히는 벌레다.

수백의 칸 속에 나를 잡아 넣어버린
이 높은 벽도 결국 흙이 아니던가?
이 좀나방의 세계 속으로 수천의 쓰레기로
나를 몰아댄 것은 허섭스레기들 아니던가?
이런 곳에서 내게 없는 것을 찾아야 하나?
그래, 수천의 책을 읽은들 뭣한단 말인가,
고작 사람들이 곳곳에서 고통 받는 걸 알 뿐,
기껏해야 행복한 사람도 있었다는 걸 알 뿐인데.
날 보고 왜 희죽거리는 거야, 이 골빈 해골[28]아?
네 영혼도, 예전에 내 영혼이 그랬듯이
편한 낮을 구하여 어스름 속에서 힘겹게
진리를 찾겠다는 열망으로 헤맸었는데.
그래, 너희 기구들도 나를 비웃는구나,
바퀴와 톱니, 원통과 촉륜들아.
나는 문 앞에 서 있었고, 너희는 열쇠가 돼주어야 했다,
너희의 열쇠가 정교해도 빗장을 열어주지는 못한다.[29]
아무리 밝은 대낮에도 신비를 간직한 채
자연은 베일을 벗으려 하지 않는다.
네 영혼 앞에 자연이 보여주지 않으려는 것을
네가 아무리 지렛대와 나사로 강요해도 소용없다.
낡은 도구야, 이제 나는 너를 쓰지 않으니,
네가 이곳에 있는 건 다만 내 아버지가 너를 썼기 때문.

이 낡은 기어야, 너는 연기에 그을릴 거다,
여기 이 책상 위에 흐린 등잔이 켜져 있는 동안엔.
그냥 차라리 이 얼마 안 되는 걸 다 팔아버릴걸,
이런 걸 짊어지고서 괜한 땀만 흘리느니 말이야!
조상에게서 물려받은 것들일랑
제대로 사용해야 진정 네 것이 되는 거다.
쓰지 않는 물건은 그냥 무거운 짐일 뿐이다.
순간은 순간이 만들어낸 것만 사용할 수 있다.

왜 내 눈길은 그런데도 저기 가서 머무는 걸까?
저 조그만 병이 눈길을 끄는 무슨 힘이라도 있나?
왜 모든 게 이리 갑자기 해맑아 보이는 걸까?
캄캄한 숲 속에 비쳐 드는 한 줄기 달빛처럼.

너 둘도 없는 플라스크야, 내 인사를 받아라!
나는 존경하는 마음으로 너를 집어 든다,
난 네게서 인간의 슬기와 솜씨를 본다.
행복을 주는 모든 수면제의 정수여,
죽음을 주는 미묘한 힘들의 진액이여,
어디 스승에게 네 호의를 보여줘 봐라.
너를 보면 고통도 줄어들고,
너를 잡으면 욕망도 가신다,
정신의 격랑도 서서히 밀려간다.
나 드넓은 바다로 떠내려간다,
내 발밑에서는 거울처럼 바닷물 반짝이고
새 기슭으로 오라, 새날이 나를 부른다.[30]

불수레[31] 하나 가벼운 날개를 타고
내게 날아온다! 나 마음의 준비되어 있어,
새 길을 타고 창공을 날아서
순수한 행위의 새 나라로 가련다.
이 드높은 삶, 이 신과 같은 환희여!
벌레에 불과한 네가 이런 걸 누릴 수 있나?
그래, 지상을 비추는 저 태양을
맵차게 등져라!
누구든 두려워 은근슬쩍 지나치려 하는
그 문[32]을 겁 없이 활짝 열어젖혀라,
이제 바야흐로 행동으로 보여줄 때다,
사나이도 신들과 당당히 겨룰 수 있거늘,
스스로를 괴롭히려 상상력으로 만들어낸
그 시커먼 동굴 앞에서 떨지 않으리라,
비좁은 입구에 지옥의 불길이 활활 타올라도
그 통로를 뚫고 나가리라,
내 기꺼이 그곳으로 발걸음을 내딛으리라,
내 비록 타서 없어지더라도.

자, 어서 내려오렴, 너 깨끗한 수정 사발아!
네 낡은 집에서 어서 나와라,
나 너를 오래 잊고 있었다.
너는 가문의 잔치 때마다 빛났다,
너는 손님들 사이를 옮겨 다니며
진지한 손님들의 얼굴 활짝 펴놓았다.
화려하게 네 몸에 그려진 그림들을 보며

술꾼들은 제각기 운을 맞춰 시를 짓고
네 안에 든 술을 단숨에 들이켰다.
내 젊은 시절의 숱한 밤이 생각난다.
나 너를 지금 옆 사람에게 건네려는 것도 아니고
네 그림을 보며 내 재주를 보이려는 것도 아니다.
여기에 마시면 금방 취하는 액체가 있다,
이 액체가 네 빈속을 채울 것이다,
내가 만들고 내가 선택한 이 마지막 잔을
나의 온 영혼을 다해 바치노라,
정중한 인사로서, 아침을 향해!
(사발을 들어 입에 가져간다.)

(종소리가 울리고 합창 소리가 들린다.)

천사들의 합창

    예수께서 부활하셨네![33]
    죽을 때까지 떨어지지 않고
    끝까지 따라붙는,
    타고난 원죄에 시달리는
    인간들에게 기쁨 있으라.

파우스트

웬 이리 깊은 흥얼거림, 웬 이리 밝은 소리가
내 입술에서 사발을 떼어내는 거지?
너희 둔중한 종소리는 벌써
부활절의 첫 예배시간을 알리는 건가?
너희 합창대는 벌써 위안의 노래를 부르는가,

언젠가 천사들의 입술을 타고 밤의 무덤가에 울려
새로운 약속[34]을 전해 주었던 노래를?

여인들의 합창

  우리는 그분의 몸에
  성유를 발라드렸네,
  그분을 섬기는 우리는
  그분을 눕혀드렸네.
  우리는 그분을 정갈하게
  천과 끈으로 묶어드렸네.
  웬일인가! 그분 예수께선
  이젠 이곳에 안 계시네.

천사들의 합창

  예수께서 부활하셨네!
  복되어라, 사랑을 베푸는 자,
  슬픔과 구원과
  증거의 시험을
  모두 통과하였나니.

파우스트

천상의 소리여, 너희는 왜 이리도 힘차고 부드럽게
먼지 더미 속에 나뒹구는 나를 찾는가?
부드러운 사람들이 사는 저편에 가서나 울려라,
복음의 소리는 내게 오지만 믿음은 나를 찾지 않는다.
믿음은 자식들 중에서 기적을 가장 사랑하노라.
복음이 들려오는 저곳으로는
가고 싶지 않아.
그래도 어릴 적부터 들어서 익숙해서인지

저 소리가 다시 나를 되살려 놓는다.
그 옛날에는 천상으로부터 사랑의 키스가
내게 쏟아졌어, 고요하고 엄숙한 안식일[35]에.
그 시절엔 넘치는 종소리가 가슴 두근대게 했지,
그리고 즐기듯 열정적으로 기도를 올렸다.
왠지 모를 가슴 끓는 그리움에 사로잡혀
숲과 들을 누비며 쏘다니곤 했다.
뜨거운 눈물을 철철 흘리며 나는
새로운 세계가 태어나는 걸 느꼈어.
젊은 시절, 저 노랫소리에 즐거운 놀이[36]를 시작했고,
저 노랫소리에 봄의 축제의 행복을 느꼈지.
어린 시절의 기억이 생생하게 나를 잡아
나 엄숙한 마지막 걸음을 떼어놓지 못하는구나.
오, 끝없이 울려라, 너희 달콤한 천상의 노래여!
눈물이 흐른다, 지상이 나를 다시 품었다!

사도들의 합창

> 땅에 묻혔던 그분,
> 벌써 하늘에 오르셨다,
> 숭고한 모습으로 살아서
> 눈부시게 오르셨으니,
> 변용의 기쁨을 누리시며
> 창조의 즐거움에 다가가셨네.
> 아! 우리는 이 땅의 가슴에 남아
> 고통을 겪을 뿐이라네.
> 그분은 그분의 제자들인 우리를,
> 애태우는 우리를 이곳에 남겨두었네.

아! 당신의 행복은, 주여,
우리에겐 슬픔이나이다.

천사들의 합창

그리스도가 부활했다,
부패의 품을 헤치고서.
너희도 즐겁게
굴레에서 벗어나라!
행동으로 그분을 찬양하고,
사랑을 보여주고,
형제답게 함께 식사하고,
복음을 전하러 다니며,
기쁨을 약속하는 그대들이여,
주님이 그대들과 곁에 있다,
주님이 그대들과 함께한다.

성문 앞

(산책을 나온 온갖 사람들이 성문 밖으로 나간다.)

몇몇 견습공들
    왜 그리로 가는 거야?
다른 견습공들
    우리는 산림감독관 관사 쪽으로 갈 거야.
처음 무리들
    아니, 우리는 물방앗간 쪽으로 갈 거야.
그중 한 견습공
    강가 쪽으로 가자고. 내 말 들어.
두 번째 견습공
    그쪽 길은 별 볼 일 없어.
두 번째 무리들
    넌 어쩔래?
세 번째 견습공
    난 그냥 남들 가는 데로 따라갈 거야.

네 번째 견습공

　부르크도르프 쪽으로 가자고. 거기 가면

　끝내주는 계집들과 최고의 맥주가 있지.

　게다가 특별히 재미난 일도 있다고.

다섯 번째 견습공

　아직도 정신 못 차렸냐?

　벌써 두 번씩이나 당하고서. 또 당하려고?

　거긴 끔찍해. 난 안 가.

하녀

　난 싫어, 싫다고! 읍내로 그냥 돌아갈 거야.

다른 하녀

　포플러 나무 밑에 가면 분명 그 남자가 나와 있을 거야.

처음 하녀

　그래 봤자 그게 나한테 무슨 소용이야.

　그 남자는 너하고만 거닐고

　무도장에 가면 너하고만 춤출걸, 뭘.

　너만 신나고 나는 완전 찬밥 신세잖아!

다른 하녀

　오늘은 분명히 혼자 나오지 않을 거야.

　그 곱슬머리 사내도 데리고 온다고 했어.

대학생

　저기, 저 멋진 여자애들 걸어가는 폼 좀 봐!

　어이 친구, 이리 와봐! 뒤따라가 보자고.

　독한 맥주와 쌉쌀한 담배,

　그리고 잘빠진 여자, 이건 딱 내 취향이야.

양갓집 규수

    아니, 저기 저 멋진 남자애들 좀 봐!

    정말 말도 안 돼.

    잘빠진 여자들도 얼마든지 있는데

    저런 하녀들 뒤나 따라다니다니!

두 번째 대학생   (첫 번째 대학생에게)

    너무 서두르지 마! 저 뒤에 두 처녀가 온다,

    아주 근사하게 차려입었는데!

    그중 하나는 내 옆집 처녀야.

    나는 저 애한테 흠뻑 빠졌어.

    아주 천하태평으로 걷고 있군.

    하지만 결국엔 우리와 함께하게 될걸.

첫 번째 대학생

    그만둬! 이것저것 신경 쓰기 싫어.

    어서 서두르자고. 사냥감을 놓치면 안 돼.

    토요일에 빗자루를 잡았던 저 손이

    일요일엔 널 잘 어루만져 줄 거야.

시민

    새로 온 시장은 정말 마음에 안 들어!

    시장이 되더니 날로 뻔뻔스러워져.

    시를 위해 하는 일이 대체 뭐야?

    날마다 더 나빠지고 있잖아?

    예전보다 더 많은 복종을 요구하고

    세금도 더 많이 걷어가잖아.

거지   (노래를 부른다.)

      훌륭한 신사님들, 아름다운 숙녀님들,

혈색도 좋고 옷도 잘 차려입었으니
소인에게 눈길 한번 주어보소.
굽어살펴 내 고통을 덜어주소.
나의 이 음악소리 헛되지 않게 해주소.
베풀 줄 아는 사람만이 행복하지요.
모든 이가 즐기는 이날을
제 수확의 날로 만들어주소.

다른 시민

일요일이나 축제일에 내가 가장 좋아하는 건 말이오,
전쟁과 전쟁터의 함성에 대해 떠드는 거요.
이곳에서 멀리 떨어진 저편 터키에서
군사의 무리들이 맞붙어 싸우고 있을 땐 말이오.
우리 같은 사람은 창가에서 술잔이나 홀짝거리며
형형색색의 배들이 강물을 스쳐가는 거나 구경하고
저녁이 되면 기분 좋게 집으로 돌아가,
평화와 평화의 시대를 감사하면 그만이오.

세 번째 시민

맞아요, 맞아, 이웃 양반,
그놈들이야 저희들끼리 대갈통을 부수고
모든 것을 엉망진창으로 만들든 말든,
우리만 변함없이 잘 있으면 그만이지요.

노파 (양갓집 규수들에게)

아이고, 곱기도 해라! 젊고 예쁜 것들!
아가씨들한테 안 넘어갈 사내가 없겠군.
너무 도도하게 굴지 마! 그걸로 됐거든.
원하는 거는 내가 얼마든지 구해 줄게.

양갓집 규수
    아가테, 그냥 가! 난 남들 눈앞에서
    저런 마녀하고 거래할 생각 없어.
    그래도 저 할멈이 성 안드레아스의 밤에
    내 미래의 애인을 보여주기는 했지.[37]
다른 처녀
    나한테도 신랑감을 수정에 비추어 보여줬어.
    군인 같았는데 장정들을 거느리고 있었어.
    두리번거리며 어딜 가나 그이를 찾아봤지만
    여태껏 그이는 내 앞에 나타나지 않았어.
병사들
        까마득한 성벽과
        성가퀴를 갖춘 성들을,
        콧대가 하늘을
        찌를 듯한 처녀들을
        나 정복하고 말겠다!
        괴롭고 힘든 만큼
        전리품은 멋져라!

        나팔을 불어대며
        우리는 돌진한다,
        기쁨이 기다릴지
        슬픔이 기다릴지.
        이것이 인생이다!
        우리는 돌진한다!
        처녀든 성이든

굴복하고 말리라.
괴롭고 힘든 만큼
전리품은 멋져라!
그리하여 군인들은
출발한다.

(파우스트와 바그너가 등장한다.)
파우스트
봄날의 사랑스런 소생의 눈길 아래
강물도 냇물도 얼음에서 풀렸구나.
골짜기에는 희망의 행복이 푸르러가고,
늙은 겨울은 쇠잔한 몸으로
험준한 산속으로 물러갔다.
그곳에서 겨울은 도망치며
힘없는 싸락눈을 이편으로 뿌려대며
푸르러가는 들판에 줄을 그을 뿐이다.
그러나 태양은 흰 것을 참지 못해.
곳곳에서 꿈틀대며 뭔가 생겨난다,
태양은 만물을 색깔로 살려낸다.
그러나 이 지역에는 아직 꽃이 없으니
화려하게 차려입은 사람들로 대신한다.
고개를 돌려 이 언덕에서
읍내 쪽을 내려다보라.
텅 빈 어둔 성문에서
울긋불긋한 인파가 쏟아져 나온다.
오늘 같은 날엔 모두 햇볕을 쬐고 싶어 한다.

이들이 부활한 주님을 찬양하는 까닭은
이들 자신도 부활했기 때문이다.
초라한 집의 비좁은 방에서 벗어나,
노동과 생업의 굴레에서 벗어나,
박공과 지붕의 억압에서 벗어나,
거리의 숨 막히는 답답함에서 벗어나,
교회의 숭고한 밤에서 벗어나
이들은 모두 햇빛을 찾아 나왔다.
저것 좀 봐! 저 많은 사람들이 순식간에
정원과 들 사이로 흩어진다.
강물은 흥겨운 놀잇배들의 움직임에
사방팔방으로 일렁이는구나.
물건을 산더미처럼 싣고서
마지막 거룻배가 멀어져간다.
저 멀리 산속 오솔길에서도
울긋불긋한 옷들이 반짝인다.
벌써 마을에서 웅성대는 소리가 들린다.
이곳은 민중의 참된 천국이다.
남녀노소를 막론하고 만족하여 소리친다,
이곳에서 나는 인간이다, 이곳에서 인간이 된다.

바그너

박사님, 박사님과 산책하는 것은
영광이기도 하지만 얻는 게 참 많아요.
하지만 저 혼자라면 이런 데서 떠돌진 않을 거예요.
저는 거친 것을 정말 싫어하거든요.
깽깽이 소리나 악쓰는 소리, 볼링공 굴리는 소리,

이런 소리를 저는 정말 싫어합니다.
이들은 악령에 사로잡혀 미쳐 날뛰면서
그걸 가지고 기쁨이니 노래니 하지요.

농부들   (보리수 밑에서. 춤을 추며 노래한다.)
양치기는 춤을 추려 한껏 차려입었네.
밝은 상의에 리본, 꽃까지 꽂고
장식했으니 이보다 말쑥할 수 있으랴.
보리수 주변엔 벌써 사람들이 바글바글,
모두들 어느새 미친 듯 춤을 추었네.
쿵덕! 쿵더쿵!
덩덕! 덩더쿵! 아싸!
깽깽이 소리 요란했네.
양치기는 급하게 판에 뛰어들다가
그만 한 아가씨를 툭 쳤다네,
팔꿈치[38]로 말일세.
쾌활한 그녀는 몸을 홱 돌리며
말했네. 바보 같은 짓 마요!
쿵덕! 쿵더쿵!
덩덕! 덩더쿵! 아싸!
엉큼한 짓 하지 마요.

하지만 둘은 뱅글뱅글 돌았네,
오른쪽으로 돌았다, 왼쪽으로 돌았다,
아가씨들의 치마가 펄럭였네.
얼굴은 붉어지고 몸엔 열이 났네,

팔짱을 끼고 헐떡이네.
쿵덕! 쿵더쿵!
덩덕! 덩더쿵! 아싸!
팔꿈치로 엉덩이를 찌르며.

너무 치근덕대지 마요!
약혼녀를 속여 넘긴 남자가
어디 한둘인가요!
남자는 처녀에게 붙어 속삭였네.
보리수나무 밑에서 울려 퍼졌네.
쿵덕! 쿵더쿵!
덩덕! 덩더쿵! 아싸!
왁자지껄 소리, 깽깽이 소리.

늙은 농부
박사님, 박사님은 참 좋으신 분입니다.
이렇게 사람들로 북적대는 곳을
마다하지 않고 찾아주시다니.
참으로 덕망 높으신 학자분이십니다.
자, 여기 이 멋진 잔을 받으세요.
새 술로 채웠답니다.
잔을 이렇게 올리며 기원합니다,
이 술이 박사님의 갈증만 풀어주진 않겠지요.
이 술 방울 하나하나가 박사님의
건강을 드높여 주길 바랍니다.

파우스트
내 이 술을 받으며

감사의 인사와 함께 여러분의 안녕을 빕니다.

(그의 주위로 사람들이 모여든다.)

늙은 농부

우리 모두 기쁜 날에 찾아주시니
영광이 아닐 수 없습니다.
지난날 어려웠던 시절에도
저희를 보살펴 주셨습니다.
여기 이렇게 많은 사람들이 살아 있는 건
박사님의 부친께서
그 들끓는 열병의 고리를 끊고
역병을 완전히 몰아낸 덕분입니다.
당시 아직 젊으셨던 박사님은
병원마다 일일이 찾아다니셨죠.
시체가 수없이 실려 나갔지만
박사님께서는 끄떡없으셨죠.
숱한 시련을 극복하셨습니다.
저희를 도와주셨으니 하늘에서 도왔지요.

모두

시련을 견뎌내신 분이시여, 건강하소서.
앞으로도 오래 저희를 도와주소서!

파우스트

저 하늘에 계신 분께 머리를 숙여요,
사랑을 가르치고 도움을 주시는 분이지요.
(바그너를 대동하고 계속 걸어간다.)

바그너
　선생님은 위대하신 분! 이 많은 사람들로부터
　경배를 받으시니 얼마나 기분이 좋으시겠습니까!
　오! 얼마나 행복하실까! 타고난 재능으로
　그런 장점을 누릴 수 있으니 말입니다.
　애비는 자식에게 선생님을 보여주고
　모두 와서 묻고 밀치며 난리법석이군요.
　깽깽이 소리도 멎고 춤도 그칩니다.
　선생님이 걸어가시면 사람들은 양쪽으로 늘어서서
　모자를 하늘 높이 던져 올리지요.
　조금만 더하면, 사람들이 무릎을 꿇을지도 몰라요,
　성체가 지날 때처럼 말입니다.

파우스트
　저기 바위 있는 데까지 몇 걸음만 더 가세,
　이곳에서 잠시 걸음을 멈추고 쉬도록 하지.
　이곳에 홀로 앉아 나는 생각에 잠기곤 했어,
　단식을 하고 기도를 하며 고행을 했지.
　희망을 가슴에 품고 굳건한 믿음으로
　눈물을 흘리며 읍소하며 두 손을 감싸고서
　나는 흑사병을 어서 끝내 달라고
　하늘에 계신 주님께 간절히 빌었지.
　사람들이 보내는 갈채가 내겐 조롱처럼 들려.
　아, 자네가 내 마음속을 읽을 줄 알면 좋겠군,
　우리 부자(父子)는 그런 칭송을 받을 만한
　자격이 전혀 없거든!
　나의 부친은 알려지지는 않았지만 점잖은 분이셨지,

부친은 자연과 자연 속의 은밀한 영역에 대해
충실하면서도 나름의 방식으로
기상천외한 발상을 발휘하며 성찰하셨어.
부친께서는 다른 연금술사들과 함께
검은 부엌[39]에 칩거하며
별의별 처방을 다 써가면서
서로 상극의 것을 섞어 용해하셨지.
그리하여 용감한 구혼자 붉은 사자[40]를
포근한 욕조에서 백합[41]과 짝을 맺어주었고,
이어 이 둘을 활활 타는 불에 올려놓고서
이 신방[42]에서 저 신방으로 옮기며 괴롭혔지.
그렇게 해서 유리병 속에 찬란한 빛의
젊은 여왕[43]이 나타났네.
그게 치료약이었지, 하지만 환자들은 죽어갔어.
그래도 누구 하나 누가 나았느냐 묻지 않았어.
우리는 이 지옥의 선물을 들고서
이 골짜기 저 산등성이로 내달리며
페스트보다 더 살벌하게 날뛰었어.
나도 수천의 사람들에게 이 독약을 건넸고,
그들은 죽어갔어, 그런데도 이런 내가
뻔뻔한 살인자들을 칭송하는 소리를 듣다니.

바그너

뭐 그 정도 일로 괴로워하시다뇨!
전수받은 기술이 있다면
성실한 인간으로서 그것을 그저
양심적으로 정확하게 쓰면 되는 거 아닌가요?

젊은이로서 아버지를 존경하여
　　아버지의 것을 받아들이는 것은 당연한 일이죠,
　　그리고 어른이 되어 학문을 더 늘려놓으시면
　　선생님의 아들은 더 높은 목표에 이를 수 있잖습니까.
파우스트
　　이런 오류의 바다에서 벗어날 수 있다 생각하는 이,
　　아, 어찌 행복하다 하지 않을 수 있겠는가?
　　우리는 정작 필요한 건 모르고
　　몰라도 되는 건 알고 있다네.
　　그렇다고 이 시간의 아름다움과 소중함을
　　그런 음울한 기분으로 잡치지는 말게!
　　저기 붉게 타는 저녁 햇살 속에서
　　푸릇푸릇하게 빛나는 오두막들을 보게.
　　해가 저물고, 오늘도 하루가 다 갔군.
　　해는 서둘러 사라지며 새 생명을 낳는다.
　　이 땅을 박차고 오를 날개가 내겐 없구나,
　　저 태양을 쫓아 나 끝없이 날아가고 싶은데!
　　나 영원히 빛나는 저녁노을 속에 잠겨
　　발아래 펼쳐진 고요한 세계를 보고 싶어라,
　　빛나는 산봉우리들, 편안하게 쉬는 계곡들,
　　금빛 강물을 향해 굽이치는 은빛 시내.
　　신과 같은 내 발길을 멈추지는 못하리라,
　　험한 골짜기 즐비한 거친 산마저도.
　　어느덧 포근한 만을 낀 바다가
　　놀란 내 눈앞에 펼쳐진다.
　　이제 여신[44]도 끝내 내려앉으려는 것 같다.

그러나 내 속엔 새로운 충동이 일어나니
어서 달려가 여신의 영원한 빛을 마시련다,
눈앞엔 낮, 등 뒤엔 밤,
머리 위엔 하늘, 발아랜 물결이다.
멋진 꿈이야, 그러는 사이 해는 지고.
아! 이런 정신의 날개를 이끌어줄
육체의 날개는 어디에도 없는가.
하지만 우리는 본디 감정을 타고
하늘 높이, 더 멀리 날아가고 싶어 하지 않나,
우리 머리 위 푸른 하늘에서 노닐며
종달새가 까무러치도록 노래할 때면,
아찔하게 치솟은 전나무 위에서
독수리가 활짝 날개 펴고 빙빙 돌 때면,
그리고 들판과 호수 위를 날아
두루미가 제 고향을 찾아갈 때면 말이야.

바그너

저 같은 놈도 몽상에 빠질 때가 많지만요,
선생님처럼 그런 충동을 느낀 적은 없습니다.
숲이나 들판은 보기만 해도 곧 질리고,
새의 날개를 봐도 부러운 생각은 없어요.
우리가 느끼는 정신의 기쁨은 얼마나 다른가요,
한 쪽 한 쪽, 이 책 저 책 읽어갈 때면!
그러면 긴긴 겨울밤도 정겨워지고,
축복받은 삶의 느낌에 몸이 따스해지지요.
아! 멋진 양피지 책을 펼치기라도 하면
온 하늘이 나를 위해 땅으로 내려온 것 같지요.

파우스트

자네는 한 가지 충동밖엔 모르는군.
자네는 다른 충동은 알지 못해!
두 영혼이, 아, 내 가슴엔 살고 있어,
서로 떨어져 나가려고 하지.
한 영혼은 사랑의 욕망에 불타
이승을 온몸으로 얼싸안으려 하고,
다른 영혼은 이 세상을 박차고 떠나
드높은 조상들의 들판으로 가려고 하지.
오, 허공에 정령들이 있어
땅과 하늘 사이를 오가며 다스린다면
어서 황금의 안개를 헤치고 내려와
나를 데려가 다오, 밝은 삶이 있는 곳으로!
그래, 만일 내게 마법의 외투가 있다면![45]
그 외투가 나를 미지의 나라로 데려가 준다면,
이 세상 그 누가 아무리 비싼 옷을 내놓아도,
왕의 외투를 내놓아도 절대 바꾸지 않으리라.

바그너

뻔히 아는 그 무리를 불러내지 마세요,
이놈들은 비안개 속 곳곳에 숨어 있다가
사방팔방에서 몰려와 인간에게 수천의
위험을 가하는 무리거든요.[46]
북쪽에서는 날카로운 송곳니의 유령들이
달려들 거예요, 화살처럼 뾰족한 혀로.
동쪽에서는 만물을 바싹 말리는 무리가 닥쳐와
우리의 폐를 빨아 먹을 겁니다.

남쪽의 사막에서 달려오는 무리는
우리의 정수리에 불을 지를 것이며,
서쪽에서 오는 무리는 처음엔 생기를 주나
우리는 물론 논과 초원을 익사시킬 겁니다.
녀석들은 해악을 좋아해서 부르면 얼른 오죠,
복종도 잘하죠, 남 속이는 걸 좋아하니까요.
녀석들은 마치 하늘이 보낸 것처럼 행동하며
거짓말을 할 땐 마치 천사처럼 속삭이죠.
이제 일어서세요, 어느새 어둑해졌네요.
공기도 차갑고, 안개까지 내리는군요.
밤이 돼야 사람은 집의 소중함을 알아요.
왜 그리 우두커니 앉아 뚫어지라 바라보시죠?
어둠 속에 뭐라도 있나요?

파우스트

저기 어슬렁대는 검은 개[47]가 보이나? 모종과 그루터기들 사이에.

바그너

아까부터 보이더군요. 별거 아닌 것 같은데요.

파우스트

다시 한 번 보게! 저 짐승이 뭐 같나?

바그너

삽살개군요. 주인의 흔적을 찾느라
몹시 낑낑대고 있군요.

파우스트

녀석이 달팽이 같은 궤적을 크게 그리면서
점점 우리 쪽으로 다가오는 게 안 보이나?

내가 잘못 본 게 아니라면, 저 녀석이
지나간 뒤쪽엔 불꽃 소용돌이가 일고 있어.

바그너

제 눈엔 검은 삽살개밖에 안 보이는데,
아마 선생님의 착시가 아닌가 싶습니다.

파우스트

내가 보기엔 저놈이 우리 발에다 은근히 마법의
올가미를 씌우려는 것 같군, 나중에 연을 맺으려고.

바그너

불안하고 무서워서 우리 주위를 맴도나 봅니다.
주인은 못 만나고 낯선 사람만 둘을 만나서요.

파우스트

도는 원이 작아졌어. 어느새 가까이 왔군!

바그너

보세요! 그냥 개일 뿐, 유령은 없잖아요.
으르렁대다가 눈치를 살피다 그냥 넙죽 엎드려
꼬리를 치는군요. 개들은 다 저래요.

파우스트

어서 이쪽으로 와봐라!

바그너

웃기는 놈이군요.
선생님이 걸음을 멈추면 서서 기다리고,
선생님이 말을 걸면 뛰어오르네요.
뭔가 떨어뜨리면 금방 주워 올 겁니다,
선생님의 지팡이를 찾으러 물속으로 뛰어들 거예요.

파우스트

  자네 말이 맞는 것 같군. 유령의 흔적은
  안 보여. 훈련을 받아서 그런 것 같아.

바그너

  개도 잘 길들여지면 현자의
  마음에도 들기 마련이지요.
  선생님의 귀여움을 독차지할 것 같네요.
  선생님의 총명한 제자가 되어서요.[48]

(그들은 다시 성문을 통과하여 읍내로 돌아간다.)

서재(1)

파우스트 (삽살개와 함께 서재로 들어오며)

나는 들과 초원을 떠나왔네,
그곳은 깊은 어둠에 잠겼어라,
밤은 상서로운 공포를 일으켜
마음속 더 좋은 영혼을 깨워주네.
거친 충동들은 이제 잠들었어라,
걷잡을 수 없는 행동들마저도.
인간을 향한 사랑은 싹트는구나,
하느님의 사랑도 이제 싹튼다.

가만 좀 있어라, 삽살개야! 나대지 말거라!
여기 문지방에 뭐가 있다고 그리 쿵쿵대냐?
어서 난로 뒤에 가서 누워 있어라,
내가 가진 가장 좋은 방석을 내줄 테니.
우리가 저 밖 산길을 거닐 때 네가

뛰며 뛰어오르며 우리를 즐겁게 해주었으니
이번엔 네가 대접을 받을 차례다,
너는 나의 조용하고 반가운 손님이거든.

 아, 이 좁은 방에 등불이
 다시 다정히 타오르면
 우리의 가슴도 환해지네,
 이때 우리는 자신을 깨닫네.
 이성은 다시 말을 하고,
 희망은 다시 꽃핀다네.
 생의 냇물이 그리워라,
 아! 생의 원천으로 가고 싶어라.

그만 으르렁대라, 삽살개야! 지금
내 영혼을 울리는 성스러운 화음에
짐승의 소리가 어울릴 것 같으냐.
우리가 다 알듯이 인간들이란
자기가 모르는 걸 조소하는 법,
자기가 모르는 선과 미 앞에선
인간들은 늘 투덜대기만 하지.
개도 인간들처럼 투덜대려 하는가?

하지만, 아, 마음은 이리 간절하지만,
어찌 가슴에선 만족감이 일지 않는가.
어찌 이리 강물은 금방 말라버려
우리는 다시 갈증에 시달려야 하나?

이런 걸 한두 번 겪은 게 아니다.
이런 궁핍을 메울 방법이 없는 건 아니다.
초지상적인 것을 높이 평가하는 법을 익히고,
우리 모두 계시를 갈망하면 된다.
이런 계시야 그 어디에서보다
신약에서 가장 멋지게 빛난다.
어서 원전을 펼쳐놓고
나의 온 정성을 담아
이 성스러운 원문을
사랑하는 독일어로 옮겨보고 싶다.

(책을 펼치고 펜을 손에 든다.)

이런 말이 적혀 있다. "태초에 말씀이 있었다!"
처음부터 막히는군! 누가 좀 도와주었으면!
'말씀'이 그리 높은 뜻을 지닐 수는 없다,
번역을 달리해야 한다,
성령의 높은 감화를 받은 내가 아닌가.
이렇게 적혀 있다. "태초에 뜻이 있었다."
이 첫 행을 조심해야 한다,
펜을 너무 서두르면 안 된다.
'뜻'이 모든 행동과 창조의 근원인가?
이렇게 쓰자. "태초에 힘이 있었다!"
그러나 내가 이렇게 쓰는 사이
거기서 멈추지 말라, 경고의 소리 들린다.
정신이 돕는구나! 묘안이 떠오른다.

나는 당당히 적는다. "태초에 행동이 있었다!"

이 방을 나와 함께 쓰려거든,
제발 그만 으르렁대라, 삽살개야,
그만 짖으라고!
이렇게 방해나 하는 녀석을
곁에 두고 싶지는 않아.
우리 둘 중 하나는
이 방을 떠나야 한다.
아쉽지만 넌 나가 줘야겠다,
문은 열려 있으니 얼마든지 나가거라.
그런데 대체 이게 뭐지?
이런 일이 있을 수 있는가?
이게 꿈인가, 생시인가?
삽살개가 위아래, 좌우로 마구 늘어나네!
우악스레 벌떡 일어서네,
아니, 이건 개가 아니야!
이런, 내가 유령을 집으로 데려왔구먼!
하마처럼 생긴 게
눈은 이글대고 이빨도 무섭군.
오! 네가 누군지 분명히 알겠다!
이런 악당을 다스리는 데는
솔로몬의 열쇠[49]가 최고야.

정령들 (방 바깥의 복도에서)
　　저 안에 한 녀석이 잡혀 있다!
　　그냥 밖에 있어라, 녀석을 뒤쫓지 마라!

덫에 걸린 여우처럼
지옥의 늙은 살쾡이는 겁에 질려 있다.
그러나 조심해라!
이리로, 저리로 떠다녀라,
위로 아래로 둥실둥실 떠다녀라,
녀석은 그사이에 도망치리라.
도움을 줄 수 있다면
녀석을 갇혀 있게 두지 마라!
녀석도 우리에게 여태껏
많은 호의를 베풀었으니.

파우스트

이놈의 짐승을 불러내려면
사대원소의 주문을 써야 해.

    타올라라, 살라만더여,
    굽이쳐라, 운디네여,
    사라져라, 질페여,
    수고해라, 코볼트여.[50]

이들을 모르는 자,
이 사대원소를,
이들의 힘과
특성을 모르는 자,
결코 정령들을
다스리지 못하리라.

> 불꽃 속으로 사라져라,
> 살라만더여!
> 흐르는 물과 함께 콸콸 흘러라,
> 운디네여!
> 유성이 되어 아름답게 빛나라,
> 질폐여!
> 집안일을 거들어라,
> 인쿠부스여! 인쿠부스여!
> 끝을 맺게 어서 나타나라.

이놈의 짐승 속에는
사대원소란 없나 보다.
편히 누워 나를 비웃고 있군.
녀석이 아직 쓴맛을 못 봤군.
내 더 강력한 주문으로
네놈을 불러내겠다.

> 네놈은 말이다,
> 지옥에서 도망쳐 나왔지?
> 그렇다면 이 표시를 봐라!
> 검은 무리들도 이 표시 앞에
> 머리를 조아리지 않느냐.

녀석이 드디어 털을 곤두세우며 점점 커지는군.

> 이 버림받은 녀석아!

이분이 누군지 알아보겠느냐?
태초부터 계셨던 분,
말로 나타낼 수 없는 분,
온 하늘에 가득한 분,
끔찍하게 죽임을 당하신 분을?

난로 뒤에 틀어박혀
코끼리처럼 커지더니
온 방을 가득 채우네,
안개처럼 흩어지려 하는군.
천장까지 오를 생각 마!
주인의 발아래 무릎을 꿇어라!
내 말이 괜한 협박이 아님을 알아라.
너를 신성한 불길로 태워버리겠다.
기다리지 마라,
세 번씩 타오르는 불빛을!
기다리지 마라,
내 주술 중 가장 험악한 것을!

메피스토펠레스 (안개가 걷히며 뜨내기 대학생 같은 모습으로 난로 뒤쪽에서 걸어 나온다.)
이게 웬 소란이죠? 필요한 게 뭔가요?

파우스트
그러고 보니 이게 바로 삽살개의 본모습이로군!
뜨내기 대학생이라니! 참, 어이가 없군.

메피스토펠레스
학문이 높으신 어르신께 인사 올립니다!

진땀깨나 빼게 만드시네요.

파우스트

대체 이름이 뭔가?

메피스토펠레스

그런 하찮은 질문을 하시다뇨.
선생님은 말 같은 것은 대단치 않게 생각하시잖아요,
겉모습 따위는 전혀 안중에 두지 않고
그저 사물의 본질만을 응시하시잖습니까.

파우스트

너희 정도야 내가 이름만 봐도
그 속을 다 알 수 있지.
파리의 제왕이니, 파괴자니, 사기꾼[51]이니,
그 이름만 들어도 속을 뻔히 알 수 있잖은가.
그건 그렇고, 대체 넌 누구냐?

메피스토펠레스

늘 악을 원하면서도 늘 선을 행하는
힘의 일부죠.

파우스트

대체 그 수수께끼 같은 말뜻이 뭐냐?

메피스토펠레스

저는 뭐든 늘 부정하는 정신이죠!
제 말이 맞아요. 태어나는 것은
어느 것이나 죽기 마련이니까요.
그러니 태어나지 않는 게 더 좋죠.
당신들이 죄악이니 파괴라고 일컫는 것,
한마디로 악이라 부르는 그 모든 것,

그것이 바로 내 본질이지요.

파우스트

스스로 일부라고 하면서 내 앞에 온몸으로 서 있는 건 뭐냐?

메피스토펠레스

간단한 진실을 알려드릴게요.
바보 같은 인간들이야 소우주를 자처하며
대개 자기가 전체인 줄 알지만,
저야 부분 중의 부분이죠, 처음에는 이게 전체였지만.
저는 어둠의 일부죠, 이 어둠이 빛을 낳았지요.
이 빛은 거만해서 제 어머니인 밤을 상대로
밤의 옛 지위와 공간을 빼앗으려 하지만
뜻대로 되지 않지요. 아무리 그래 봤자
빛은 물체에 달라붙어 있으니까요.
빛은 물체로부터 흘러나오고 물체를 아름답게 해주지만,
물체는 빛이 가는 길을 막아서지요.
그래서 제 바람은 말입니다, 머지않아
빛이 물체와 함께 멸망하는 것이지요.

파우스트

네 고상한 소임이 뭔지 이제 알겠다!
대우주를 상대로는 안 될 것 같으니
소우주를 상대하겠다는 심사구나.

메피스토펠레스

그렇다고 대단하게 해낸 것도 없어요.
무(無)를 상대로 맞서 보겠다고 나선
그 무엇, 그러니까 이 서툰 세상을
어떻게든 해보려고 안간힘을 썼지만

도무지 상대가 되지 않더군요.
파도와 폭풍, 지진, 화재에도
바다와 땅은 전혀 꿈쩍 않더라고요!
그리고 망할 놈의 짐승과 인간들은
아무리 해도 터럭 하나 안 다치더군요.
아무리 땅에 파묻고 또 묻어버려도
또 신선하고 새로운 피가 도는 거예요.
아무리 해도 그러니 미쳐 펄떡 뛸 지경이죠!
공기나 물, 땅 할 것 없이
마구 수천의 싹이 움터 나옵니다,
메마르거나 축축하거나 따스하거나 춥거나 상관없이!
불꽃[52]이라도 미리 꼬불쳐 두지 않았으면
내 것이라곤 하나도 챙기지 못했을 겁니다.

파우스트

그래서 네놈은 지칠 줄 모르는
영원한 치유의 힘 면전에 대고
차가운 악마의 주먹을 들이대는 거냐?
아무리 악의적으로 주먹을 쥐어봤자 소용없다.
그러니 말이야, 어디 다른 일을 찾아보도록 해,
혼돈에서 태어난 잡종 자식아!

메피스토펠레스

한번 신중히 생각해 볼게요.
다음번에 좀 더 얘기하지요!
오늘은 이 정도로 물러가도 될까요?

파우스트

왜 나한테 되니 안 되니 묻는 거야?

이제 너와 난 아는 사이니까,
오고 싶으면 언제든 오면 그만이야.
여기 창문이 있고 여기 문이 있어.
굴뚝을 이용하고 싶으면 그렇게 하라고.

메피스토펠레스

고백할 게 있어요! 밖으로 나가려 해도
거치적거리는 조그만 게 있어요,
저 문지방에 그려져 있는 오각형별[53]이요.

파우스트

저 오각형별이 그렇게 겁나느냐?
어서 말해 봐라, 이 지옥의 자식아,
저 부적 앞에 꼼짝 못하면서 어떻게 들어왔지?
너 같은 악마가 어쩌다 함정에 빠졌느냐?

메피스토펠레스

자세히 보세요! 그림이 제대로 돼 있지 않아요.
문지방 바깥쪽에 있는 모서리가
보다시피 꽉 다물어 있지 않아요.

파우스트

그거 한번 절묘하게 맞아떨어졌군!
그러니 넌 이제 내 포로이렷다!
이런 기막힌 일은 생전 처음이다!

메피스토펠레스

삽살개로 뛰어들었을 땐 전혀 못 봤죠.
이제 보니 상황이 완전 딴판이네요.
악마의 꼴로는 여기서 못 빠져나가요.

파우스트

　창문으로 빠져나가면 될 거 아니냐?

메피스토펠레스

　악마와 유령들에게도 법이 있지요,
　반드시 들어온 곳으로 나가야 한다는 거죠.
　들어오는 건 자유지만 나갈 땐 노예죠.

파우스트

　아니, 지옥에도 법이 있단 말이냐?
　거참, 좋은 일이군. 그렇다면 말이다,
　너희하고도 믿고 계약을 맺을 수 있겠군.

메피스토펠레스

　우리가 약속한 것은 얼마든지 즐길 수 있어요.
　약속해 놓고 빼먹지는 않아요.
　이건 간단히 넘어갈 문제가 아니니,
　다음번에 얘기하기로 하지요.
　그건 그렇고 제발 간절히 부탁드리는데요,
　이번만큼은 저를 풀어주십시오.

파우스트

　아냐, 그럴 것 없이 좀 더 머물면서
　내게 재미있는 얘기 좀 들려주지그래.

메피스토펠레스

　지금 당장 풀어줘요! 곧 돌아올 테니.
　그땐 아무거나 물어봐도 좋아요.

파우스트

　언제 내가 널 노렸더냐?
　네 발로 걸어들어 왔잖아.

악마를 잡으면 놓아주지 말라고 했지!
　　악마를 다시 잡는 게 쉬운 일은 아니거든.
메피스토펠레스
　　그게 소원이라면 나도 여기 남아
　　말동무를 해줄 용의가 얼마든지 있어요.
　　하지만 조건이 있어요, 내 얘기를
　　재미있게 들어주어야 합니다.
파우스트
　　어디 한번 들어보자. 어서 해봐라!
　　어디 재미만 없어봐라!
메피스토펠레스
　　이봐요, 이제 당신은
　　심심했던 지난 일 년보다
　　훨씬 멋진 것을 즐기게 될 거요.
　　사랑스러운 정령들이 불러주는 노래나,
　　이들이 보여주는 아름다운 모습들은
　　결코 공허한 요술이 아니지요.
　　당신의 코도 즐거워하고,
　　당신의 혀도 즐거워할 것이며
　　결국엔 당신은 황홀경에 빠질 겁니다.
　　준비 같은 건 필요 없어요.
　　이미 다 모여 있으니까. 자 시작!
정령들
　　　　사라져라, 너희 어둔
　　　　천장들아!
　　　　들여다보라, 어서,

다정한 눈빛으로
푸른 하늘아!
아, 검은 구름아
어서 걷혀다오!
작은 별들은 반짝이고,
부드러운 햇살은
방 안으로 비쳐 드네.
하늘의 아들들,
신비로운 아름다움,
일렁대며 둥실둥실
떠나가네.
그리움에 젖은 사랑이
그 뒤를 쫓는구나.
그들의 옷깃에
펄럭이는 리본들,
땅들을 뒤덮고
정자들을 뒤덮는다.
그곳에선 연인들이
깊은 생각에 잠겨
목숨을 걸고 사랑하네.
정자 또 정자들!
돋아나는 덩굴들!
묵직한 포도송이들은
짓누르는 압착기의
통 속으로 떨어지고,
포도주는 거품을 내며

냇물처럼 흘러내려
귀한 보석들
사이로 흘러
높은 산들을
뒤에 두고
푸르러가는 언덕 주위로
번지며 호수를 이루네,
언덕을 흐뭇게 하네.
그리고 새들은
기쁨을 들이마시고
태양을 향해 날아가네,
반짝이는 섬들을 향해
날아가네,
물결을 타고 일렁이는
섬들을 향해 날아가네.
거기서 우리는
환희의 합창을 듣네,
그리고 초원 너머로
넓은 하늘 아래
이곳저곳 흩어져
춤추는 사람들을 보네,
어떤 이들은
높은 언덕에 오르고,
어떤 이들은
헤엄쳐 호수를 건너고,
또 어떤 이들은

하늘을 떠도네,

모두, 삶을 향해,

모두, 먼 곳의

사랑의 별들을 향해,

은총 가득한 별들을 향해.

메피스토펠레스

드디어 잠들었어! 잘했다, 내 예쁜 공기의 정령들아!

정성스레 노래 불러 그를 잠재웠어!

멋진 연주회를 해주어 정말 고맙다.

당신은 악마를 잡아두기엔 아직 멀었어!

꿈속에 매혹적인 모습으로 나풀대며 날아

이자를 환상의 바다 속에 잠기게 해라.

하지만 이 문지방에 적힌 마법을 깨려면

쥐의 이빨이 있어야 한다.

쥐를 불러내는 데는 많은 주문이 필요 없어,

벌써 한 놈이 버스럭대는군, 내 말을 잘 들어라.

온갖 쥐들의 주인이시자,

파리, 개구리, 빈대, 이의 주인이신 분이

명령하나니, 어서 당장 나와

이 문지방을 갉아 먹어라,

기름으로 표시해 놓았으니!

그래, 어서 와라, 어서 와!

당장 시작해라! 나를 가둔 뾰족 부위는

그 별 모양 중에서 맨 앞쪽에 있다.

한 번 더 갉아봐, 그래, 됐다.

　　　　자, 파우스트, 꿈이나 계속 꾸시지, 또 만나자고.
파우스트　　(잠에서 깨어나며)
　　　　내가 또 속은 건가?
　　　　들끓던 정령의 무리가 사라져버렸어,
　　　　꿈속에서 악마를 본 건가,
　　　　그 틈에 삽살개도 도망친 걸까?

서재(2)

(파우스트와 메피스토펠레스)

파우스트
　누가 문을 두드리는군. 들어와요! 누가 또 성가시게 하는 거야?
메피스토펠레스
　나요.
파우스트
　들어와요!
메피스토펠레스
　그 말을 세 번 해주서야 해요.
파우스트
　들어오라니까!
메피스토펠레스
　바로 그거예요.
　앞으로 사이좋게 지냈으면 해요.
　당신의 쓸데없는 생각을 몰아내 주려고

이렇게 귀공자 차림으로 온 겁니다.
금술을 단 붉은 옷에
빳빳한 비단 외투를 걸치고,
모자에는 수탉 깃을 꽂고,
길고 날카로운 검도 찼지요.
간단히 말씀드릴게요,
나처럼 한번 차려입어 보시지요,
속박 같은 거 다 집어던지시고
삶을 직접 한번 느껴보라고요.

파우스트

옷을 어떻게 입은들 이 답답한
세상살이의 고통이 없어지겠느냐?
난 인생을 즐기기에는 너무 늙었고
아무 꿈도 없이 살기엔 너무 젊어.
세상이 내게 뭘 해주겠어?
절제하라! 절제하는 삶을 살아라!
이것은 영원한 노래,
누구의 귀에나 들려오는 노래다,
우리가 인생을 살아가는 동안
매 순간 귀가 따갑도록 듣는 노래다.
아침에 깨어나는 게 두렵기만 해,
쓰린 눈물이 흐를 것만 같아,
시간이 흘러도 내게 한 가지 소원도,
단 하나도 들어주지 않을 날을 만나야 하니까.
하루가 시작돼 봤자, 모든 기쁨의 징조는
괜한 심술로 다 망가지고,

내 가슴속에서 일던 창조의 물결은
오만 가지 흠집만 나고.
밤이 되어도 두려운 마음으로
잠자리에 누워야 할 뿐,
내게 휴식은 없어,
거친 꿈에 시달려야 하니까.
내 안에 살고 있는 신은
내 안에 깊은 격랑을 만들어놓으나,
나의 모든 힘을 관장하는 신은
아무런 행동도 만들어내지 못해.
아, 사는 게 다 짐일 뿐이다,
차라리 죽고 싶을 뿐, 살아 있는 게 지겹다.

메피스토펠레스

그래도 죽음이라는 손님이 환영받은 적은 없지요.

파우스트

오, 행복하리라, 그 사람, 승리의 광휘가 비치는 가운데
죽음이 이마에 피 묻은 월계관을 둘러주는 자,
광란의 춤을 춘 뒤
여인의 품속에서 죽는 자.
아, 차라리 정령이 다가왔을 때 그 앞에 굴복하여
황홀함에 취하여 저세상으로 떠날걸!

메피스토펠레스

그런데 그날 밤 어떤 사람인가는
갈색 액체를 마시려다 말았다던대요.[54]

파우스트

염탐질하는 게 취미인가 보군.

메피스토펠레스
　아주 전지전능하진 못하지만, 그래도 아는 건 많은 편이죠.
파우스트
　영혼의 끔찍한 고통 속에서 허우적대던 나를
　귀에 익은 달콤한 노랫소리가 구해 주었지만,
　그리고 옛날의 행복했던 기억을 되살려 주며
　내 유치한 감정의 잔해를 무마하려 하였지만,
　나는 저주한다, 내 영혼을
　현혹하고 기만하는 그 모든 것을,
　온갖 화려한 아첨의 힘으로 내 영혼을
　슬픔의 동굴로 쫓아버린 그 모든 것을!
　무엇보다 모든 허황된 생각들아, 저주를 받아라,
　정신이 이런 것들을 두르고 있으니!
　겉만 번지르르한 현상들아, 저주를 받아라,
　우리 감각을 습격하여 속이니!
　꿈과 헛된 망상들아, 저주를 받아라,
　명성과 불멸의 이름이라는 기만이여!
　소유물이라 아첨하는 것들아, 저주를 받아라,
　마누라와 아이, 하인과 쟁기여!
　재물의 신 마몬이여, 저주를 받아라,
　부를 미끼로 우리를 무모한 행동으로 내몰거나,
　실컷 게으르게 즐기라며
　우리 엉덩이에 방석을 깔아주는 자여!
　포도의 향기로운 즙이여, 저주를 받아라!
　지고한 사랑의 은총이여, 저주를 받아라!
　희망이여, 저주를 받아라! 믿음이여, 저주를 받아라,

무엇보다 인내심이여, 저주를 받아라!⁵⁵⁾

정령들의 합창   (보이지 않게)

    슬프다! 슬퍼!

    그대는 부수어버렸어,

    이 아름다운 세계를,

    그대의 억센 주먹으로!

    세계는 쓰러져 산산조각이 난다!

    한 반신(半神)이 세계를 박살냈다!

    우리는 잔해들을

    무의 세계로 나르고

    사라져버린 아름다움을

    서글퍼한다.

    지상의 아들들 중에서

    탁월한 자여,

    그대의 힘으로

    세계를 다시 건설하라,

    그대의 가슴속에 세계를 건설하라!

    새로운 인생을

    시작하라,

    마음을 밝게 갖으라,

    그러면 새 노래가

    울려 퍼지리라!

메피스토펠레스

    이 정령들은 내가 거느리고 있는

    어린것들입니다.

    나이답지 않게 의젓하게

즐기고 행동하라 권하는군요!
당신을 고독에서 꺼내,
감각도 피도 막혀버린 고독에서 꺼내
넓은 세계로
이끌려는 것이지요.

괜한 번민을 즐기지 마시오,
독수리처럼 당신의 생명을 쪼아 먹을 뿐이니.
격이 떨어지는 사람들과 어울려봐도 당신은
스스로 더불어 사는 존재임을 느낄 거요.
그렇다고 해서 당신에게 천민들하고
같이 놀라고 하는 말은 아니오.
나는 대단한 놈은 못 되지만,
나와 뜻을 같이하여
인생길을 함께하겠다면
내 서슴없이, 지금 당장
당신 편이 되어줄 거요.
당신의 길동무가 되어줄 거요,
당신을 즐겁게 해드리지요,
당신의 하인, 당신의 종이 되어!

파우스트
그 대가로 바라는 게 뭔가?

메피스토펠레스
뭐, 그리 서두를 거 없습니다.

파우스트
아냐, 그렇지 않아! 악마는 이기주의자라서

남을 도와주는 일 같은 건
　　절대 쉽게 하지 않아.
　　거래를 분명히 하자고.
　　잘못했다간 괜히 화만 불러일으킬 테니.
메피스토펠레스
　　성심껏 당신을 받들어 모실 게요.
　　언제든 쉬지 않고 분부대로 할 겁니다.
　　대신, 우리가 저세상에서 만나게 되면
　　내게 똑같은 일을 해주면 됩니다.
파우스트
　　나는 저세상 같은 건 신경도 안 쓴다.
　　네가 이 세상을 박살내고 나서야
　　저세상이라는 게 생길 테니까.
　　나의 기쁨은 오로지 이 지상에서 샘솟고,
　　내 고통에 빛을 던져주는 것도 이 태양뿐이다.
　　이것들과 작별할 때가 온다면
　　그 뒤엔 무슨 일이 일어나도 좋다.
　　정말 난 아무것도 알고 싶지 않아,
　　그 뒤로도 우리가 사랑하고 미워할지,
　　저세상에도 위가 있고
　　아래가 있는지 따위는 말이야.
메피스토펠레스
　　생각이 그렇다면 한번 해보시죠.
　　계약을 합시다. 수일 내로
　　내 재주로 당신을 기쁘게 해드릴 테니.
　　여태껏 아무도 못 본 것을 선물할 거요.

파우스트

  너처럼 형편없는 악마가 주긴 뭘 주겠느냐?
  숭고한 것을 좇는 인간의 정신에 대해
  너 같은 녀석이 뭘 알겠느냐?
  혹시 넌 절대 물리지 않는 음식을 가졌느냐?
  넌, 수은처럼 전혀 막힘이 없이
  손가락 사이로 빠져나가는 붉은 황금을 가졌느냐?
  아무리 해도 늘 패하는 내기나,
  내 품에 안겨서 어느새
  옆의 남자와 눈짓을 나누며 딴생각을 하는 처녀나,
  신이나 누림 직한, 유성처럼 사라지는
  멋진 명예의 기쁨을 가졌느냐?
  손에 넣기도 전에 썩어버리는 열매를 보여다오,
  나날이 푸르러지는 나무를 보여다오!

메피스토펠레스

  그 정도 부탁이야 아무것도 아닙니다,
  그런 보물쯤이야 얼마든지 댈 수 있지요.
  그런 거 말고, 이보쇼, 좀만 기다리면
  원하는 것을 마음껏 즐길 수 있을 거요.

파우스트

  언젠가 내가 안락의자에 눕는 날,
  그때로 내 인생은 끝장이다!
  네가 무슨 수를 쓰든 나를 속여 넘겨
  내 스스로 만족감을 느끼는 날,
  네가 나를 향락으로 속여 넘기는 날,
  그때를 나의 마지막 날로 삼자!

자, 어서 내기를 하자고!

메피스토펠레스

그렇게 하죠!

파우스트

그래, 좋아, 좋다고!
언젠가 내가 순간을 향해 이렇게 말한다면,
잠깐만 머물러다오! 너 너무도 멋지구나!
그때 나를 결박해 다오,
그때면 나 파멸하여도 좋으니!
그때면 조종(弔鐘)이 울려도 좋다,
그때면 넌 임무 끝이다,
시계가 멈추고 시침이 떨어져도 좋다,
내 인생 그땐 끝나도 좋다!

메피스토펠레스

잘 새겨둬요. 우린 잊지 않을 테니.

파우스트

잊지 않는 거야 전적으로 네 권한이지.
오만방자해서 이런 말을 한 건 아니야.
만족하는 순간 나는 네 종이 되겠다.
네 종이든 아니면 누구의 종이든 좋다.

메피스토펠레스

당장 오늘 있을 박사 취득 축하연에서
종으로서의 의무를 다할 작정입니다.
단 하나! 죽든 살든 간에, 아무튼
한두 줄만 써주시길 부탁드립니다.

파우스트

　이런 소인배 같으니, 아니 증서를 써달라고?
　넌 사나이가 뭔지, 장부의 말이 뭔지 모르느냐?
　내가 뱉은 말이 끝까지 내 인생을
　좌우할 텐데, 그것으로도 부족하다고?
　세상이 세차게 노도하며 흘러가는 판에,
　나를 한낱 계약서에 묶어놓을 셈이냐?
　하지만 이런 망상은 우리 가슴속에 있으니,
　누군들 이런 망상에서 벗어날 수 있으랴.
　가슴에 충직한 마음을 품은 자 행복할지니,
　어떤 희생을 치러도 후회하는 법 없으리라!
　그러나 양피지는 글을 쓰고 돋을새김을 한들
　누구나 두려워하는 유령에 지나지 않지.
　말은 이미 펜을 떠나는 순간 죽어버리고
　주인 행세를 하는 건 밀랍 봉인과 가죽뿐이지.
　이런 사악한 녀석아, 내게 뭘 원하느냐?
　동판이냐, 대리석이냐, 양피지냐, 아니면 종이냐?
　석필로, 끌로, 아니면 펜으로 써줄까?
　네가 원하는 대로 해줄 테다.

메피스토펠레스

　아니 뭣 때문에 금방 그렇게
　흥분해서 마구 떠들어대시나요?
　아무 종이라도 상관없습니다.
　피나 한 방울 내서 서명해 주시죠.

파우스트

　정 그게 네 소원이라면

그런 바보짓에 응해 주마.

메피스토펠레스

피는 아주 특별한 액체랍니다.

파우스트

너와의 약속을 깨지 않을 테니 안심해라!
내가 약속한 것은 무엇보다
전력을 다해 추구한다는 것뿐이니까.
내가 그간 너무 으스댄 감이 있군,
나 역시 너와 다를 게 없는데 말이야.
위대한 정령은 나를 상대해 주지 않았고,
자연은 내 눈앞에서 문을 닫아걸었지.
사고의 실타래는 이미 끊어졌고,
지식이라면 이젠 구역질만 날 뿐이다.
어서 관능의 늪에 빠져
이 뜨거운 열정을 달래고 싶구나!
어서 마법의 덮개를 내게 씌우라,
내 어떤 기적이든 당장 상대할 수 있게!
어서 굽이치는 시간 속으로 뛰어들자,
우당탕대는 사건들 속으로!
고통과 향락,
성공과 불만,
아무렇게나 뒤섞이게 하라.
사나이라면 쉼 없이 행동하는 법이니.

메피스토펠레스

당신에게 정해진 한계 같은 것은 없으니까,
어디를 가든 먹고 싶으면 한 입 들고,

스쳐 지나면서 잡히는 대로 잡으시오,
즐기고 싶은 대로 즐기기를 바랄 뿐입니다.
멍청하게 꾸물대지 말고 당장 잡아요!

파우스트

내가 말했잖아, 즐거움 따위를 원하는 게 아니야.
광란에 몸을 맡기고 싶은 거야, 고통스러운 쾌락과,
애증과 늘 되살아나는 좌절에 말이야.
이 가슴은 지식의 갈증에서 나왔으니
앞으로는 어떤 고통도 피하지 않으리라.
우리 인류 모두에게 주어진 것들을 다
이 깊은 가슴으로 속속들이 만끽해 보리라.
이 정신으로 지고한 것과 천한 것을 움켜잡고,
인류의 모든 고통과 행복을 이 가슴에 쌓으리라,
나의 자아를 확대하여 그들의 마음을 알아보고,
궁극에는 그들처럼 나 또한 파멸하리라.

메피스토펠레스

내 말을 믿으시죠, 수천 년씩이나
이 딱딱한 음식을 씹어온 나를 말이오.
요람에서 무덤 속에 묻힐 때까지 그 오래된
효모를 소화해 낸 자 아무도 없다 이거요.
우리 같은 종족의 말을 믿어요, 그 모든 건
다 신 같은 분에게나 가능한 일이오!
신은 자신은 영원히 빛 속에 살면서
우리 같은 것들은 어둠 속에 처박아 놓았지요,
당신들만은 낮과 밤 다 쓸모가 있지요.

파우스트

  그래도 난 하고 말 테다!

메피스토펠레스

  거참, 괜찮은 소리군요.
  하지만 한 가지 염려가 되는군요.
  시간은 짧고 예술은 길다 이 말씀입니다.
  어디 가서 조언을 좀 받아보시지요.
  작가를 한번 찾아가 보시지요.
  작가에게 상상력을 발휘시킨 다음
  거기서 나오는 귀한 것들을 모두
  당신의 고귀한 정수리에 쌓아 올리세요,
  사자의 용기와
  사슴의 민첩함,
  이탈리아 사람의 불같은 피,
  북구사람들의 불굴의 의지를 말이죠.
  작가에게 비결을 한번 알려달라고 하시죠,
  관용과 간계를 동시에 구사하고,
  뜨거운 청춘의 열정으로, 그래도 계산에 따라
  사랑에 빠지는 비결을 알려달라고 말이죠.
  나도 그런 사람이 있으면 당장 만나보고 싶군요.
  소우주 선생님이라 불러 마땅하다 생각합니다.

파우스트

  이 모든 감각을 다 써서
  얻으려는 인류의 왕관을
  끝내 얻지 못한다면 난 뭐지?

메피스토펠레스

    당신은 결국, 당신이지요.
    수백만의 곱슬머리 가발을 쓰든,
    제아무리 높은 굽의 구두를 신든,
    당신의 모습이야 어디 가겠습니까?

파우스트

    나도 알아, 인간정신의 보화를 몽땅
    내 머릿속에 집어넣었지만 헛된 일,
    결국에 가서는 이렇게 주저앉아 있을 뿐,
    가슴에선 새로운 힘 하나 솟지 않는다.
    나는 터럭 하나만큼도 더 높아지지 않았고
    무한을 향해 단 한 걸음도 나아가지 못했다.

메피스토펠레스

    세상 보는 눈이 당신이라고 해서
    평범한 이들과 전혀 다를 게 없군요.
    그보다야 더 현명하게 행동해야지요,
    인생의 즐거움이 다 끝나기 전에요.
    제기랄! 어찌 손과 발, 그리고
    머리와 엉덩이가 다 당신 것인데,
    어찌 우리가 지금 즐기는 이게
    우리 것이 아니란 말인가요?
    내가 현금을 주고 여섯 필의 말을 산다면,
    그들의 힘을 내가 가진 게 아닌가요?
    이렇게 내달리면 진짜 사나이가 되는 거죠,
    내 다리가 스물네 개나 되는 것처럼 말이죠.
    자, 나갑시다! 궁상 같은 건 집어치우고서

곧장 우리 넓은 세상 속으로 뛰어들어요.
한마디 드리자면, 괜한 궁상을 떠는 인간은
악령의 손에 사로잡혀 말라붙은 들판이나
빙빙 돌고 있는 짐승이나 마찬가지죠,
바로 옆엔 멋진 초원이 펼쳐져 있는데.

파우스트

그럼 뭐부터 하면 되지?

메피스토펠레스

먼저 여기를 떠야죠.
이곳이야말로 고문실 같은 데가 아닌가요?
자기도 남도 다 지겹게 만드는,
대체 무슨 인생이 이래요?
그딴 거는 옆방 뚱보에게 줘버려요!
뭣하러 맨 짚을 타작하느라 생고생이세요?
아무리 아는 게 많아도 그것을 다
학생들에게 말할 수는 없는 노릇이죠.
지금 막 복도에 학생 하나가 온 거 같군요!

파우스트

그 친구를 지금은 못 만나.

메피스토펠레스

저 불쌍한 친구는 한참을 기다렸는데요.
그러니 빈손으로 돌려보낼 수는 없어요.
자, 당장 당신 옷과 모자를 내게 주세요.
내가 이렇게 변장하면 감쪽같을 겁니다.
(옷을 갈아입는다.)
그럼 이제 나머지는 내 머리에 맡기세요!

딱 십오 분이면 돼요.
그사이 여행을 떠날 준비나 해두시죠!
(파우스트 퇴장한다.)

메피스토펠레스 (파우스트의 긴 가운을 입고서)
자, 이성과 학문을 경멸해라.
인간의 그 드높은 힘의 산물을.
그저 거짓의 악령에게 몸을 맡겨
마법과 현혹의 힘을 길러라.
그러면 너는 내 손아귀에 들어온 거야.
운명이 이 인간에게 준 정신이라는 건
늘 고삐 풀린 듯 앞으로만 치달리지,
너무 그렇게 서둘러 추구하다 보니
지상의 기쁨마저도 뛰어넘어 버리는 거지.
나는 이 인간을 끌고 다니리라, 거친 삶 속으로,
의미라고는 하나도 없는 천박함 속으로.
이 인간은 거기 빠져 버둥대다 맥없이 달라붙겠지,
그러면 물릴 줄 모르는 이 인간의 허기진
입술 앞에 고기와 음료를 어른대게 해주지.
갈증을 풀어보려 하지만 아무 소용 없는 일,
그러니 악마에게 몸을 맡기지 않아도
어차피 파멸하고 말 운명인 것을!

(학생이 하나 등장한다.)

학생
저는 최근에야 이곳에 왔습니다.
정말 존경하는 마음으로 왔어요.

어느 신사분을 만나 뵙고 싶어서요.
그분을 말하면서 모두 경외심을 표하더군요.

메피스토펠레스

공손한 자네 태도를 보니 기분이 좋군!
자네가 보듯 나도 다른 사람들과 다를 게 없어.
그 전에 여기저기 둘러보긴 했나?

학생

부탁입니다. 저를 받아주세요!
마음을 단단히 먹고 왔습니다.
돈도 꽤 가져왔고 혈기도 왕성해요.
어머니는 저를 보내지 않으려 하셨지요.
뭔가 배우고 싶은 게 있어서 왔습니다.

메피스토펠레스

오긴 제대로 왔군.

학생

솔직히, 저는 다시 이곳을 뜨고 싶습니다.
이 벽들과 이 강의실들,
도무지 정이 가지를 않는군요.
사방이 꽉 막힌 공간입니다.
풀 한 포기, 나무 한 그루 보이지 않고요.
이 강의실, 의자에 앉아 있노라면
듣지도 보지도 생각하지도 못할 것 같아요.

메피스토펠레스

조금만 있으면 익숙해질 거야.
갓난아이도 처음엔 어머니의
젖꼭지를 잘 안 물려고 하지.

하지만 금세 젖을 잘 빨아먹지.
그렇게 자네도 지혜의 젖가슴을
날이면 날마다 더 탐하게 될 거야.

학생
지혜의 목덜미에 정말 매달리고 싶어요.
어떻게 하면 되죠? 방법을 알려주세요.

메피스토펠레스
이야기를 더 하기에 앞서 먼저 말하게,
어떤 학부를 택할 생각인가?

학생
제대로 된 공부를 해보고 싶습니다.
저는 지상의 일뿐만 아니라
천상의 일까지도 다 파악하고 싶어요.
학문과 자연, 다 알고 싶습니다.

메피스토펠레스
자넨 제대로 길을 찾아온 거야.
한눈 팔지 말고 일로매진해야 하네.

학생
몸과 마음을 다 바치겠습니다.
그래도 화창한 여름방학에는
조금만이라도 자유와 여유가
있다면 정말 좋겠습니다.

메피스토펠레스
시간을 아끼게, 시간은 쏜살같이 지나가니,
하지만 질서가 시간 버는 법을 가르쳐줄 걸세.
그래서 자네한테 조언하는 건데, 친구,

먼저 논리학 강의를 들어보게나.
그렇게 하면 정신이 잘 길이 들 걸세,
스페인식 차꼬로 꽉 죄인 것처럼
그때부터 당장 정신은 더욱 사려 깊게
사유의 행로를 따라 살살 움직일 거야.
도깨비불처럼 이리저리
제멋대로 나대지 않고서 말이야.
그러면 매일같이 이런 가르침을 받을 거야,
전 같으면 제멋대로 먹고 마시듯
단숨에 해치우던 일에도
하나! 둘! 셋! 순서가 있다는 것을.
하지만 사유의 공장이란 말일세,
명장이 만들어내는 걸작과 같네.
한 번 밟아주면 수천의 실이 깨어나고,
북이 이리저리 휘휘 날아다니면,
실들이 보이지 않게 물처럼 흐르고,
한 번 툭 치면 수천의 결합이 맺어지지.
철학교수는 강의실에 들어와
자네에게 사물의 이치를 알려줄 걸세.
첫째는 이러하고, 둘째는 이러하다,
그러니 셋째와 넷째는 이러할 수밖에 없다,
그리고 첫째와 둘째가 없으면,
셋째와 넷째도 있을 수 없는 일이다.
세상 곳곳의 학생들이 경탄을 보내지만,
아직 직조공의 단계에 이른 사람은 없네.
생생하게 살아 있는 것을 보고 그려내려 하면서도

가장 먼저 한다는 짓이 정신을 몰아내는 것이거든.
그렇게 하면 손에 쥐는 것은 부분일 뿐,
안타까워라, 정신의 끈은 빠지고 없구나.
화학에서는 이걸 일컬어 '자연의 가공'이라 하는데,
다 웃기는 이야기지. 왜 그런지도 모르면서.

학생

무슨 말씀인지 다 알아듣지는 못하겠군요.

메피스토펠레스

다음엔 더 나아질 걸세.
모든 구체적인 것들을 체계적으로 환원해서
적절히 잘 분류하는 법을 배우면 되는 거야.

학생

도무지 뭐가 뭔지 모르겠습니다.
머릿속에서 물방아가 돌아가는 것만 같군요.

메피스토펠레스

먼저 이것들을 해결하고 나면 무엇보다
형이상학 쪽으로 눈을 돌리거나.
그러면 인간의 머리로 파악 불가능한 것까지도
깊은 사유를 통해 그 뜻을 알게 되거든.
그러면 파악 가능한 것이나 불가능한 것이나
다 멋진 말로 표현할 수 있게 되는 거야.
하지만 무엇보다 이 첫 반년 간은
되도록 최상의 질서를 잘 익히게.
하루에 다섯 시간씩 강의를 듣게 될 텐데,
종이 울리면 강의실에 가 있어야 해!
먼저 예습을 철저히 해야 하네,

단락들을 몽땅 다 외워야 해.
　　그런 다음 나중에 보면 분명히 알 거야,
　　교수는 책에 있는 것만 말한다는 걸 말이야.
　　그래도 필기는 열심히 해놓아야 하네,
　　성령이 불러주는 걸로 여기고서 말일세.
학생
　　그야 두말하면 잔소리지요!
　　필기의 유용성은 잘 알고 있습니다.
　　흰 종이에 검게 적은 것을 들고서
　　마음 편히 집에 돌아갈 수 있거든요.
메피스토펠레스
　　그래도 뭘 전공할지 하나 선택하게나!
학생
　　법학은 제 적성에 맞지 않아요.
메피스토펠레스
　　그렇다고 자네를 나쁘게 볼 수도 없네.
　　이 학문의 상황을 나도 잘 알고 있으니까.
　　법률이라는 것들은 말일세,
　　영원한 전염병처럼 유전된다네.
　　세대에서 세대로 끈질기게 넘어가며
　　슬쩍슬쩍 자리를 옮겨 가거든.[56]
　　상식이 몰상식이 되고, 선행이 고통이 되지.[57]
　　손자들이여, 너희는 참으로 딱하구나!
　　우리가 태어나면서 가지는 권리,
　　그런 권리에 대해서는 유감스럽게도 말이 없다.[58]

학생

　그 말씀을 들으니 혐오감이 더 커지는군요.
　선생님에게 배우는 사람은 얼마나 행복할까!
　차라리 신학을 공부하고 싶은 마음입니다.

메피스토펠레스

　자네를 엉뚱한 길로 이끌고 싶지 않아.
　이 학문을 공부하다 보면
　그릇된 길로 빠지는 걸 피하기 어렵네.
　이 학문에는 수많은 독이 들어 있지만
　약과 구별하기가 쉽지는 않아.[59)]
　가장 좋은 것은 한쪽 말을 따르는 거야,
　스승의 말을 절대적으로 존중하게나.
　한마디로, 말을 잘 지키면 되는 걸세.
　그러면 안전한 대문을 지나
　확신의 사원으로 들어가는 거야.

학생

　그래도 말에는 뜻이 있어야죠.

메피스토펠레스

　맞는 말이야. 그러나 그렇게 속을 썩이지 않아도 돼.
　아무리 뜻이 없다고 해도
　말만 있으면 그만이거든.
　말만 갖고도 얼마든지 논쟁을 할 수 있고,
　말만 갖고도 체계를 만들 수 있네.
　말은 훌륭한 믿음의 대상이 될 수 있어,
　말이라는 건 한 치도 못 건드려.[60)]

학생

    성가신 질문으로 괴롭혀드러 죄송합니다만,
    조금만 더 폐를 끼칠까 합니다.
    의학에 대해서도
    뼈 있는 한 말씀만 해주셨으면 합니다.
    삼 년의 기간은 너무 짧지요.
    그런데 이 학문은 너무나 방대하거든요.
    어디를 향해 갈지 암시라도 해주시면
    방향을 잡고 가기에 훨씬 수월하겠습니다.

메피스토펠레스 (혼잣말로)

    이런 밥맛없는 말투도 이젠 지겹군.
    다시 악마 노릇이나 해야지.
    (큰 소리로)
    의학의 정신 정도야 금방 알 수 있네.
    먼저 소우주와 대우주를 철저히 공부하지,
    그런 다음엔 결국
    신의 뜻을 따르는 수밖에 없어.
    아무리 학문을 하려 헤매봐야 다 소용없네,
    사람이란 자기가 배울 수 있는 것만 배우지.
    하지만 순간을 포착할 줄 아는 남자,
    이런 남자야말로 진정한 남자라 하겠네.
    자넨 체격도 아주 좋고
    용기도 제법 있어 보이는군.
    자네 스스로에 대해 믿음만 있다면,
    다른 사람들도 자네를 신뢰할 거야.
    무엇보다 여자 다룰 줄 알아야 하네.

여자들이 질러대는 고통의 소리야
수천 가지가 된다 해도
한 곳만 손보면 고칠 수 있다네.
자네가 그런대로 점잖게 행동하면
여자들을 다 차지할 수 있어.
학위가 하나 있으면 아주 손쉽게 여자들이
자네의 의술이 누구보다 더 낫다고 믿게 할 수 있지.
반갑다는 뜻으로 여자들의 곳곳을 만져주라고,
다른 의사들이야 늘 거죽만 스치는 그곳을.[61]
맥을 제대로 짚을 줄도 알아야 해,
이글대는 음흉한 눈빛으로 쳐다보면서
날씬한 허리를 슬쩍 더듬어보는 거야,
얼마나 꽉 동여매고 있는지 살펴보는 거지.

학생

그쪽이 알아듣기 훨씬 쉽네요! 잘 알겠습니다.

메피스토펠레스

이보게나, 이론이란 것은 다 잿빛이야.
그리고 생명의 황금나무는 초록빛이야.

학생

정말이지 마치 꿈을 꾸는 것만 같군요.
혹시 다음에 다시 선생님께 폐를 끼쳐도 될까요?
선생님의 지혜를 심도 있게 경청하고 싶습니다.

메피스토펠레스

내 능력에 닿는다면야 해주고말고.

학생

그냥 돌아가기가 정말 어렵습니다.

여기 제 방명록이 있습니다.
무슨 은총의 말이라도 적어주셨으면 합니다!

메피스토펠레스

물론이지.

(뭐라고 적은 뒤 다시 돌려준다.)

학생 (읽는다.)

너희는 이제 신과 같이 되어 선과 악을 알게 되리라.[62]

(아주 공손하게 방명록을 접고서 물러간다.)

메피스토펠레스

옛 금언과 나의 숙모인 뱀의 말을 따르게,
어느 날, 자네도 신을 닮아서 두려움을 느낄 것이네!

(파우스트 등장)

파우스트

이제 어디로 간담?

메피스토펠레스

원하시는 대로.
먼저 소우주를 보고, 이어서 대우주를 보죠.
이거 정말 기쁘고 유익한 일 아닌가요,
이런 공부를 공짜로 하다니.

파우스트

그렇지만 이렇게 긴 수염을 한 모습으로
그렇게 가볍게 사는 건 쉽지 않겠어.
아무래도 이번 시도가 잘될 것 같지 않군.
난 세상이 전혀 익숙하지가 않아.
다른 사람들이 있으면 난 왜소하게 느껴져,
늘 마음이 편치 않을 것 같군.

메피스토펠레스

    이보시오, 너무 그렇게 걱정할 거 없어요.

    자신을 믿기만 하면 사는 요령이야 금세 터득하죠.

파우스트

    이 집에서는 어떻게 빠져나갈 건데?

    마차와 마부 그리고 말들은 어디 있지?

메피스토펠레스

    이 외투만 활짝 펼치면 그만이죠.

    이걸 타고 허공을 날아가는 거죠.

    우리의 이 대담한 모험 길에

    너무 큰 짐을 가져가면 안 돼요.

    약간의 더운 공기를 쓰면

    우리는 지상에서 둥실 떠오를 겁니다.[63]

    몸이 가벼우면 그만큼 빨리 떠오르지요.

    새로운 삶의 시작을 축하합니다.

라이프치히, 아우어바흐 지하주점

(젊은이들의 떠들썩한 술자리)

프로슈
 술 마실 놈 없어? 웃지도 않아?
 그놈의 벌레 씹은 표정 좀 그만두지 못해?
 녀석들, 오늘은 완전 젖은 지푸라기 꼴이야.
 평소엔 그래도 활활 잘만 타오르던 것들이.
브란더
 그게 누구 때문인데. 네가 판을 안 벌이잖아.
 멍청한 짓도 안 하고, 더러운 짓도 안 하잖아.
프로슈 (포도주를 한 잔 녀석의 머리에 붓는다.)
 자, 두 가지 다 해주지!
브란더
 이런 개자식!
프로슈
 네가 원했잖아. 그러니 그대로 해드리는 거야!

지벨

  싸우려거든 바깥에 나가서 싸워!

  한바탕 돌아가며 노래나 하자고, 퍼마시고 소리 질러!

  자, 어서, 앗싸! 앗싸!

알트마이어

  아이고야, 정말 못 참겠네!

  솜 좀 내놔! 저 자식 때문에 귀청 터지겠네.

지벨

  천장이 쾅쾅 울려야

  저음의 괴력을 느끼는 거야.

프로슈

  물론이지. 마음에 안 드는 놈은 꺼지라고!

  아! 앗싸! 앗싸!

알트마이어

  아! 앗싸! 앗싸!

프로슈

  이제야 호흡이 제대로 맞는군.

  (노래한다.)

      사랑하는 나의 신성로마제국이여,

      아직도 너 분열되지 않았느뇨?

브란더

  상스러운 노래야! 제길! 정치적인 노래군!

  더러운 노래야! 아침마다 신에게 감사나 해라,

  너 따위 놈이 신성로마제국 걱정을 안 해도 되니!

  이 몸이 황제나 수상이 아니니

  이 얼마나 다행한 일이냐.

그래도 수장이 없어서는 안 될 일.
우리 손으로 교황을 하나 뽑자고.
교황으로 추대되려면 어떤 자질이 있어야 하는지
너희는 잘 알겠지.

프로슈 (노래한다.)

훨훨 날아올라라, 사랑스런 꾀꼬리야,
내 님에게 천만번 내 안부 전해 다오.

지벨

안부는 무슨 안부! 당장 집어치워라!

프로슈

내 님에게 안부와 키스를 전해 다오! 어서!
(노래한다.)

빗장을 열어라! 고요한 이 밤에.
빗장을 열어라! 님이 깨어 있으니.
빗장을 닫아라! 이른 아침이 되면.

지벨

그래, 노래해, 노래해 보라고, 그 계집을 칭송해 보라니까!
언젠가 내 너를 비웃어줄 날이 올 거다.
그 계집은 날 가지고 놀았지, 너도 당할 거야.
그 계집 요마한테 한번 당했으면 좋겠는데!
요마나 길목에서 그 계집을 집적대라고!
늙은 산양이나 브로켄 산에서 돌아와
그 계집한테 달려들어 밤일을 해주라고.
진짜 살과 피를 가진 멋진 젊은이야
그런 계집한테는 너무 과분한 일이야.
안부 같은 소리 하고 있네,

그년의 창문을 돌로 박살냈으면 쓰겠구먼.

브란더 (식탁을 쾅쾅 치면서)

주목! 주목! 내 말 좀 들어보라고!
이보라고, 난 어떻게 살아야 하는지 다 안다고.
음, 사랑에 빠진 사람들이 여기 있군,
이 친구들한테 이들의 지위에 맞게
저녁 인사 겸 멋진 선물을 주겠어.
주목! 최신 유행하는 노래라고!
후렴은 힘차게 함께 부르자고!

(노래를 부른다.)

지하실에 둥지 짓고 쥐 한 마리 살았네,
기름덩이와 버터만 훔쳐 먹고 살았다네.
그러다 보니 배만 자꾸 볼록해져
모양새가 꼭 루터박사 같았다네.
부엌데기는 놈을 잡으려 쥐약을 놓았지.
쥐약을 먹은 녀석은 온몸이 답답했네,
몸속에 사랑이 스며든 것 같았네.

합창 (환호하며)

몸속에 사랑이 스며든 것 같았네.

브란더

녀석은 이리저리 들락날락하며
시궁창만 보면 허겁지겁 퍼마셨네.
온 집 안을 이빨로 쏠고 할퀴었지만
아무리 해도 고통을 어쩔 수 없었네,
두려움을 못 이겨 깡충깡충 뛰다가
가엾은 녀석 어느새 지쳐버렸다네,

몸속에 사랑이 스며든 것 같았네.

합창

몸속에 사랑이 스며든 것 같았네.

브란더

놈은 너무나 무서워 백주 대낮에
부엌으로 허겁지겁 뛰어들었네.
화덕 앞에 쓰러져 발버둥을 치며
애처롭게 숨을 헐떡거렸다네.
이걸 본 부엌데기 히죽대며 하는 말,
이런! 이놈이 아주 절정에 달했군,
몸속에 사랑이라도 스며들었나 봐.

합창

몸속에 사랑이 스며든 것 같았네.

지벨

멍청한 자식들, 그 노래가 그리 좋냐?
불쌍한 쥐들에게 쥐약이나 놓는
그런 계집이 뭐라도 되는 줄 아는군!

브란더

너, 쥐들하고 애틋한 사이라도 되냐?

알트마이어

똥배나 나온 저런 대머리 자식!
여자한테 차이더니 마음이 약해졌군!
피둥피둥한 쥐에게서
자기 모습을 보는 것 같군.

(파우스트와 메피스토펠레스 등장)

메피스토펠레스

　제가 가장 먼저 해야 할 일은
　당신을 흥겨운 술자리로 안내하는 거죠.
　사람들이 삶을 얼마나 쉽게 사는지 보세요.
　이런 사람들은 매일매일이 축제죠.
　재주는 없어도 흥은 많아서
　새끼 고양이가 제 꼬리를 잡으려는 듯
　이 사람들은 뱅뱅 돌며 춤을 춥니다.
　이튿날 숙취만 없다면,
　주인이 외상술을 준다면,
　세상에 무슨 걱정 있겠습니까.

브란더

　저치들 어디 여행 중인가 보군.
　차림새만 봐도 금세 티가 나거든.
　온 지 한 시간도 안 된 모양이야.

프로슈

　그래, 맞아! 라이프치히, 난 네가 자랑스럽다!
　넌 작은 파리,[64] 인생의 학교로다.

지벨

　네 눈엔 저치들이 뭐하는 자들 같냐?

프로슈

　나한테 맡겨둬! 술 한잔 퍼 먹이면
　아이 이 뽑듯 녀석들의 가슴속에서
　비밀을 금세 캐낼 수 있으니까.
　귀족집안 출신들 같군.
　거만하게 인상 쓰는 폼 좀 봐.

브란더
 장돌뱅이가 틀림없어. 내기 걸지.
알트마이어
 그런 것 같기도 해.
프로슈
 잘 보라고, 내 녀석들의 본모습을 끌어낼 테니!
메피스토펠레스 (파우스트에게)
 이 인간들은 악마를 전혀 못 알아봐요.
 악마가 멱살을 잡아도 말이죠.
파우스트
 안녕들 하시오, 여러분!
지벨
 댁들도 안녕하쇼.
 (나지막한 소리로, 메피스토펠레스를 힐끔 쳐다보며)
 이놈이 다리 한쪽을 저는 거 아냐?[65]
메피스토펠레스
 잠깐 합석 좀 할까요?
 이런 데 좋은 술은 없을 테니
 합석이나 해서 즐겨봅시다.
알트마이어
 당신들 제법 고급에 길이 들었나 보군.
프로슈
 당신들 리파흐에 오래 머물었던 것 같군.
 한스 씨하고 만찬이라도 한 거요?[66]
메피스토펠레스
 오늘은 그 친구한테 안 들렀네요.

지난번에 만났을 때 얘기를 많이 했지요.
사촌들 이야기를 꽤나 하더군요.
당신들 하나하나한테 안부 전하라 하던대요.
(그러면서 그는 프로슈에게 절한다.)

알트마이어 (나지막한 소리로)

그것 보라니까! 뭘 아는 녀석이야!

지벨

머리깨나 쓰는 놈이군!

프로슈

잠깐 기다려 봐, 내가 본때를 보여줄 테니까!

메피스토펠레스

헛소리를 들은 게 아니라면,
훌륭한 합창을 들었던 것 같은데요?
여기 둥근 천장을 보니
합창이 멋지게 메아리치겠네요.

프로슈

혹시 음악 쪽에 조예가 깊은가요?

메피스토펠레스

그건 아니고요! 좋아는 하지만 능력은 없소.

알트마이어

노래 한 곡 해보시오!

메피스토펠레스

하라면, 까짓 거 얼마든지 하겠소.

지벨

단, 신곡이 아니면 안 되오!

메피스토펠레스

우리는 스페인에 들렀다가 오는 중이오,

그 아름다운 포도주와 노래의 나라 말이오.

(노래를 시작한다.)

    옛날에 임금님이 살았는데

    큰 벼룩 한 마리 길렀다네.

프로슈

저것 좀 봐! 벼룩이라고! 잘들 들었어?

벼룩이라면 나는 언제라도 환영이야.

메피스토펠레스

    옛날에 임금님이 살았는데

    큰 벼룩 한 마리 길렀다네.

    마치 친자식 사랑하듯

    이 벼룩을 몹시도 아꼈다네.

    어느 날은 재단사를 불렀네,

    재단사가 대령하자 말했다네,

    이 도련님의 상의 치수를 재라,

    바지도 재서 한 벌 만들어줘라,

브란더

잊지 말고 재단사에게 단단히 타일러요,

치수를 잴 때 아주 신경을 쓰라고.

머리가 온전히 붙어 있길 원한다면

바지에 구김살 하나 없어야 한다고!

메피스토펠레스

    벼룩은 벨벳과 비단으로

    화려하게 차려입었다네.

    어깨엔 휘장도 두르고
    거기에 십자훈장도 달았네.
    금방 장관 자리에 올랐고,
    그리고 큰 별도 하나 달았네.
    형제자매들까지 모두 금세
    궁중에서 한 자리씩 얻었네.

    그리고 궁중의 신사숙녀들,
    온갖 수난을 다 당했다네,
    왕비와 왕비의 시녀들도
    다 씹히고 물어 뜯겼다네,
    그래도 으깨 죽이지도 못했네,
    긁어서 쫓아버리지도 못했네,
    하지만 우리는 벼룩이 물면
    당장 으깨서 죽여버린다네.

합창 (흥겹게 환호하며)
    하지만 우리는 벼룩이 물면
    당장 으깨서 죽여버린다네.

프로슈
    멋져! 멋져! 노래 한번 끝내주네!

지벨
    벼룩이란 벼룩 그렇게 다 잡아버리자!

브란더
    손가락을 뻗어 제대로 잡는 거야!

알트마이어
    자유를 위해 건배! 포도주를 위해 건배!

메피스토펠레스

  난들 왜 자유를 위해 건배하지 않겠나,

  당신들의 포도주가 좀 더 괜찮다면야.

지벨

  그딴 소리 집어치우라고!

메피스토펠레스

  술집 주인이 막지만 않는다면야

  내 어찌 이 귀한 손님들한테

  우리 지하창고의 최상품을 안 내놓을까.

지벨

  어서 내놓기나 해요! 내가 알아서 할 테니.

프로슈

  괜찮은 술이나 한잔 내놔 봐. 칭찬해 줄 테니.

  하지만 맛보기 정도 가지고는 어림도 없소.

  맛을 제대로 알아보려면

  그래도 입속을 가득 채워야 하니까.

알트마이어 (낮은 목소리로)

  이 사람들 라인사람들 같아.

메피스토펠레스

  송곳 하나만 줘보쇼!

브란더

  대체 송곳으로 뭘 하게?

  문 앞에다 술통이라도 갖다 놓은 거요?

알트마이어

  저 안쪽에 이 집 주인의 연장통이 있소.

메피스토펠레스 (송곳을 집어 들고서 프로슈에게)

어떤 술을 먹고 싶은지 한번 말해 보쇼.

프로슈

그게 뭔 소리요? 갖고 있는 술이 그렇게 다양해요?

메피스토펠레스

원하는 대로 다 말해 봐요.

알트마이어 (프로슈에게)

아하, 너 벌써 입맛 다시냐?

프로슈

좋아, 뭐, 고르라면 난 라인 포도주로 하겠소.

우리 조국의 선물 중 이보다 좋은 게 있겠소.

메피스토펠레스 (프로슈가 앉아 있는 식탁 가장자리에 구멍을 뚫는다.)

밀랍을 조금만 주쇼. 당장 마개를 만들게!

알트마이어

아니, 이건 요술이야.

메피스토펠레스 (브란더에게)

당신은?

브란더

난 샴페인,

거품이 제대로 이는 걸로.

(메피스토펠레스 식탁에 구멍을 뚫는다. 그 동안 누군가 밀랍 마개를 만들어 구멍을 막는다.)

브란더

외국 것을 배척할 수만은 없는 거야.

좋은 물건은 대개 외국에서 나거든.

진정한 독일 남자는 프랑스 녀석들을 싫어해도
녀석들의 포도주는 언제나 환영이지.

지벨 (메피스토펠레스가 자기 자리로 다가오자)
솔직히 난 신 것은 질색이오,
아주 달콤한 포도주를 한 잔 줘요.

메피스토펠레스 (식탁에 구멍을 뚫는다.)
금방 토카이산(產)[67] 포도주가 줄줄 흘러나올 거요.

알트마이어
아냐, 이것 봐요, 내 눈 좀 똑바로 봐요!
보아하니, 당신 지금 우리를 놀리고 있어.

메피스토펠레스
무슨 그런 말씀을! 고귀한 분들께
그런 수작을 감히 꿈이나 꾸겠습니까.
어서요! 당장 말해 봐요!
어떤 포도주로 모실까요?

알트마이어
아무거나 줘요! 헛소리 좀 그만하고.

(식탁마다 구멍을 뚫은 다음 마개로 막아놓고는)

메피스토펠레스 (이상한 몸짓을 하며)
　포도나무엔 포도송이!
　산양머리엔 뿔,
　포도주는 즙, 포도넝쿨은 나무,
　나무 식탁이여, 포도주를 다오.
　자연의 비밀을 깊이 뚫어보라!
　이곳에 기적이 있으니, 믿어라!

어서들 마개를 뽑고서 실컷 즐기시오!

모두 (마개를 뽑으니 각자 원하는 술이 술잔을 향해 흐른다.)

오, 아름다운 샘이여, 우리를 향해 흐르는구나!

메피스토펠레스

조심하쇼, 한 방울도 흘리지 않도록!

(그들은 벌컥벌컥 마셔댄다.)

모두 (노래를 부른다.)

우리 이렇게 흥청망청 신이 나니,

마치 오백 마리의 돼지들 같구나.[68]

메피스토펠레스

백성은 이렇게 자유로워요, 정말 신 나게 즐기죠.

파우스트

이제 이곳을 떠나고 싶군.

메피스토펠레스

이건 보고서 떠나야죠. 녀석들의 야수성이

이제 만천하에 멋지게 드러날 테니까요.

지벨 (덤벙대며 마신다. 포도주가 바닥으로 흘러내리더니 확 하고 불이 붙는다.)

사람 살려! 불이야! 사람 살려! 지옥불이다!

메피스토펠레스 (불에게 명령을 내린다.)

사랑하는 원소야, 진정해라!

(그 젊은 친구를 향해)

이번에 본 것은 눈곱만큼의 정죄의 불길이야.

지벨

그게 뭔 소리야? 잠깐! 쓴맛을 보여주겠어!

네 녀석이 아직 사람 볼 줄 모르는가 보군.

프로슈

  다시 또 한다고? 그만두시지!

알트마이어

  녀석을 조용히 보내주는 게 좋겠어.

지벨

  아니 뭐라고? 네 녀석이 이곳에서 또

  마술을 부려보겠다고?

메피스토펠레스

  조용히 해, 이 늙은 술통아!

지벨

  이런 빗자루 같은 자식아!

  네가 우리와 맞짱 떠보겠다는 거냐?

브란더

  잠깐 기다려! 흠씬 두들겨 패줄 테니!

알트마이어   (식탁에서 마개를 뽑는 순간 불길이 그에게 확 달려든다.)

  불이 붙었어, 나 타 죽어!

지벨

  이건 마술이야!

  이놈은 죽여도 돼. 어서 칼로 찔러!

  (칼들을 뽑아들고 메피스토펠레스를 향해 달려든다.)

메피스토펠레스   (진지한 몸짓으로)

      거짓 형상과 거짓말아,

      생각과 장소를 바꿔라!

      이곳저곳에 가 있어라!

  (그들은 놀란 눈으로 서로를 쳐다본다.)

알트마이어

  여기가 어디지? 참말로 아름다운 고장이야!

프로슈

  포도밭이군! 이게 생시인가?

지벨

  포도송이가 손에 잡히는걸!

브란더

  여기 푸른 잎사귀들 밑 좀 봐,

  포도넝쿨 한번 멋지네! 포도송이들 좀 봐!

  (그는 지벨의 코를 움켜쥔다. 다른 사람들도 서로 코를 움켜잡고 칼을 쳐든다.)

메피스토펠레스　(아까처럼 진지한 몸짓으로)

  착각아, 녀석들의 눈에서 눈가리개를 치워라!

  자, 악마의 놀음이 어떤지 똑똑히 봐두어라.

  (파우스트와 함께 사라진다. 젊은 친구들은 서로에게서 떨어진다.)

지벨

  대체 어떻게 된 일이지?

알트마이어

  이게 뭐야?

프로슈

  아니, 이게 네 코였어?

브란더　지벨에게

  내가 잡고 있었던 게 네 코였어!

알트마이어

  벼락같았어. 내 사지를 꿰뚫고 지나갔다고!

  어서 의자 좀 줘. 무릎이 휘청거려!

프로슈

대체 무슨 일이 일어난 거야? 누가 말해 봐.

지벨

그놈 어디 간 거야? 찾기만 하면
살아 돌아갈 생각은 접어야 할 거다.

알트마이어

녀석이 지하창고 문밖으로 나가는 걸 내가 봤어,
술통을 타고 가더군.
나는 다리가 천근만근 얼어붙었어.
(식탁 쪽으로 눈길을 돌리며)
맙소사! 포도주가 아직 흘러나올까?

지벨

다 사기야, 속임수, 눈가림이라고.

프로슈

그래도 포도주를 마신 듯한 느낌이야.

브란더

포도송이는 또 뭐야? 그게 다 뭐였어?

알트마이어

이래도 요새 세상에 기적은 없다고 말할 텐가!

마녀의 부엌

(야트막한 화덕, 불 위엔 커다란 솥이 걸려 있다. 솥에서 김이 모락모락 솟아오르며 여러 형상들의 모습이 보인다. 암컷인 긴꼬리원숭이가 솥 앞에 앉아 거품을 걷어내며 솥이 넘치지 않게 돌보고 있다. 옆에는 수컷 원숭이가 새끼들과 앉아 몸을 덥히고 있다. 사방의 벽과 천장에는 마녀가 쓰는 기이한 살림도구가 널려 있다.)
(파우스트, 메피스토펠레스)

파우스트
  이런 마법 짓거리가 나는 싫다.
  이런 미치광이 같은 짓을 거쳐야
  내가 새롭게 태어날 거라고 생각하나?
  이런 노파한테 조언을 구해야 하나?
  개나 먹음직한 이런 더러운 음식이
  내 몸에서 삼십 년을 덜어내 준다고?
  네가 아는 게 고작 이것이라면

나의 희망은 꺼진 거나 마찬가지다.
자연이나 그 밖의 고상한 정신이
여태껏 영약 하나 만들어내지 못했나?

메피스토펠레스

거참, 다시 똑똑한 말씀을 하시는군요!
자연요법으로 회춘하는 수도 있긴 하죠.
그런데 그건 다른 책에 나와요.
좀 놀라운 장이죠.[69]

파우스트

난 그걸 원해.

메피스토펠레스

좋아요! 돈이고
의사고 마법이고 다 없어도 돼요.
당장 들판으로 나가,
곡괭이를 들고 땅을 파시죠.
절제를 취하여 당신의 마음을
작은 터 안에 가두어두고서
자연식을 섭취하세요.
가축들과 더불어 가축처럼 살면서, 당신이 수확할 밭에
직접 거름을 주는 것을 부끄럽게 여기지 마십시오.
이게 최상의 방법입니다, 내 말을 믿으시죠,
여든 살까지 젊음을 간직하고 싶거든!

파우스트

나는 그런 일에 익숙지 않아. 삽을 잡는 일도
어려울 것 같고.
답답한 생활도 내겐 어울리지 않아.

메피스토펠레스

　그러니까 방법은 마녀밖에 없군요.

파우스트

　그런데 왜 하필 늙은 마녀야!
　몰약을 네가 직접 만들면 안 되냐?

메피스토펠레스

　아주 멋진 취미긴 하죠!
　그 시간이면 난 다리를 천 개라도 놓을 거요.
　그런 일을 해내려면 예술과 학문에다,
　인내심까지도 있어야 해요.
　차분한 마음으로 몇 년이고 매달려야 합니다.
　충분한 시간을 두고 서서히 발효시켜야 하죠.
　게다가 거기에 쓰이는 성분들은
　아주 특별한 것들이죠!
　악마가 마녀에게 이런 솜씨를 가르쳐주기는 하죠.
　하지만 악마 자신은 그런 걸 못 만들죠.
　(짐승들을 쳐다보며)
　이것들 참 귀엽죠!
　저게 하녀고, 이게 하인입니다!
　(짐승들에게)
　마님은 집에 안 계신가 보구나?

짐승들

　잔칫집에 다니러 갔어요,
　저 굴뚝으로
　집을 빠져나갔어요!

메피스토펠레스

　얼마나 쏘다니지?

짐승들

　우리가 발을 덥히는 동안만 그래요.

메피스토펠레스 (파우스트에게)

　이 귀여운 짐승들 보니 어때요?

파우스트

　이렇게 멍청한 것들은 내 생전 처음 본다!

메피스토펠레스

　사실 나는 지금 같은

　대화가 가장 좋아요.

　(짐승들에게)

　냉큼 말해라, 이 저주받은 꼭두각시 녀석들아!

　대체 무슨 죽을 젓고 있는 거냐?

짐승들

　거지들한테 주려고 죽을 쑤고 있어요.

메피스토펠레스

　떼거지로 몰려오겠군.

수원숭이

　(메피스토펠레스에게 다가와 아양을 떤다.)

　어서 주사위를 던져요,

　나를 부자로 만들어줘요,

　내가 이기게 해줘요!

　모든 게 엉망이에요,

　내게 돈만 있다면

　사리판단을 하련만.

메피스토펠레스

  저 원숭이는 행복해할 거야,
  복권을 살 돈만 있어도!

(그사이 큰 구슬을 가지고 놀던 새끼 원숭이들은 구슬을 앞으로 굴리며 걸어 나온다.)

수원숭이

  세상은 이런 거야,
  올라갔다 내려갔다
  영원히 굴러간단다.
  유리처럼 소리가 나면
  구슬은 곧 깨질 거야!
  속이 텅 비어서 그래.
  이쪽이 사뭇 반짝인다,
  아니, 여긴 더 그러네.
  내가 살아 있으니까!
  사랑하는 내 아들아,
  구슬에서 손을 떼라,
  잘못하면 네가 죽어,
  구슬은 점토로 되어
  사금파리가 될 거야.

메피스토펠레스

  저기 저 체는 또 뭐냐?

수원숭이 (체를 끄집어 내린다.)

  만약 당신이 도둑이면
  이걸 보면 금세 알아내죠.

(암컷에게 달려가 체를 들여다보라 한다.)

어서 체를 들여다봐 봐!

도둑의 모습이 보여도

도둑이라고 하면 안 돼!

메피스토펠레스 (불 가까이 다가가며)

이 냄비는 또 뭐냐?

수원숭이와 암원숭이

아이고, 이런 멍청이!

냄비도 모르고

솥도 모르다니!

메피스토펠레스

이런 돼먹지 못한 짐승들!

수원숭이

이 먼지떨이를 들고서,

이 의자에 앉아봐요!

(메피스토펠레스에게 어서 의자에 앉으라고 거듭 권한다.)

파우스트 (그사이 거울 앞에서 앞으로 다가갔다 뒤로 물러섰다, 반복했다.)

저게 뭐지? 천상의 아리따운 모습

이 마법의 거울에 나타난다!

오, 사랑아, 잽싼 네 날개를 빌려주오,

나를 그녀의 나라로 데려가 주오!

아, 내가 이렇게 가만히 서 있지 않고,

한 걸음이라도 다가가려 하면,

그녀의 모습 안개 속에 사라지누나!

여인의 모습 저리 아름답다니!
여인의 모습이 저리 아름다울 수가?
저 늘씬한 저 육체에 하늘나라의
온갖 정수가 들어 있는 건 아닐까?
저런 모습이 이 지상에도 있을까?

메피스토펠레스
그럼요, 신이 첫 엿새 동안 고생해서
마지막에 가서 만세를 불렀다면,
그래도 뭔가 근사한 게 있지 않겠어요.
이번엔 눈요기나 실컷 해보시죠.
당신에게 그런 애인을 하나 구해 주죠.
이 어찌 행복한 운명이 아니겠어요,
그런 애인을 집에 데려갈 수 있다면!
(파우스트는 거울에서 눈을 떼지 않는다. 메피스토펠레스는 안락의자에 편히 앉아 먼지떨이를 만지작거리며 말을 잇는다.)
이 몸은 이 왕좌에 왕처럼 앉아 있다,
왕홀 또한 여기 있으나, 왕관이 빠졌어.[70]

짐승들 (그사이 온갖 야릇한 몸짓을 주고받고 있다가 꽥 소리를 지르며 메피스토펠레스에게 왕관을 갖다 바친다.)
오, 은혜를 베푸시어,
당신의 땀과 피로
이 왕관을 봉합해 주소서!
(녀석들은 왕관을 어설프게 다루다가 두 동강을 내고서 그 조각들을 들고 난리법석을 친다.)
아이고, 이거 큰일 났네!
우리는 연설을 하고 보기도 하네,

우리는 듣기도 하고 시를 짓기도 하네.[71]

파우스트 (거울을 바라보며)

아, 이거 정말 미치겠구나.

메피스토펠레스 (손가락으로 짐승들을 가리키며)

이제 내 머리도 흔들린다.

짐승들

우리가 잘해서

혹시 일이 잘되면

무슨 생각이 날 거예요!

파우스트 (위에서처럼 거울을 바라보며)

가슴이 불타는 것만 같다!

당장 이곳에서 빠져나가야 해.

메피스토펠레스 (위에서처럼 짐승들을 가리키며)

참, 이 녀석들이 정말 시인이라는 건

적어도 인정하지 않을 수가 없군.

(솥이, 암원숭이가 돌보지 않은 사이 끓어 넘치기 시작한다. 큰 불꽃이 일더니 굴뚝 속으로 쏠린다. 마녀가 불길을 헤치며 고함을 꽥꽥 질러대며 굴뚝에서 내려온다.)

마녀

이런 제길! 빌어먹을!

망할 놈의 짐승! 이런 개자식!

솥을 안 돌봐! 주인마님을 데게 만들어!

이런 망할 놈의 짐승!

(파우스트와 메피스토펠레스를 보더니)

이것들은 뭐야?

너희는 뭐하는 것들이야?

여긴 왜 왔어?

웬 놈들이 여길 기어들어 와?

불의 고통을

뼛속 속속들이 느끼게 해주지!

(마녀는 국자를 솥에다 담갔다 꺼내서는 파우스트와 메피스토펠레스 그리고 짐승들에게 불꽃을 뿌린다. 짐승들은 낑낑댄다.)

메피스토펠레스   (먼지떨이를 거꾸로 잡고서 유리병과 항아리들 사이를 되는대로 후려친다.)

박살 나라! 박살 나라!

이놈의 죽을 한바탕!

이놈의 그릇을 와장창!

이 정도야 장난이야,

이 망할 것아, 네 노랫가락에

두드리는 박자일 뿐이다.

(마녀는 화들짝 놀라 씩씩대며 뒤로 물러선다.)

눈깔도 없냐? 이 해골바가지야! 이런 흉물!

네 주인도 몰라, 네 스승도 모르냐고?

난 거칠 게 없다, 아예 박살을 내주지,

너와 네 원숭이 족속들을 말이다!

이 붉은 조끼도 이젠 겁나지 않냐?

이 수탉의 깃털도 눈에 안 보이냐고?

내가 이 얼굴을 안 보이게 가렸냐?

내 이름을 내 입으로 직접 말해야 하나?

마녀

아이고, 주인님, 거친 인사를 한 번만 봐주세요!

말굽을 못 봤어요.
주인님의 두 까마귀[72]는 어디 있지요?

메피스토펠레스

이번에는 이 정도로 그치겠어,
서로 얼굴을 못 본 지도
시간이 꽤 됐으니까 말이야.
게다가 문화가 온 세상을 핥아서
이 악마도 그 영향을 받았다고.
북방의 유령의 모습은 어디서도 안 보여.
뿔이나 꼬리, 발톱 같은 건 이제 없다.
말굽도 좀 아쉽기는 하지만,
사람들이 보면 그걸 좋아할 리 없어.
그래서 난 말이야, 젊은이들이 하는 것처럼,
몇 년 전부터는 가짜 장딴지를 하고 있지.

마녀 (덩실덩실 춤을 추며)

이거 정말 정신이 하나도 없군요.
사탄 나리를 여기서 다시 뵙다니!

메피스토펠레스

이런 여편네, 그런 이름은 듣고 싶지 않아!

마녀

왜 그러세요? 이름 때문에 무슨 피해라도.

메피스토펠레스

그 이름은 동화 책 속으로 사라진 지 오래야.
그래도 인간들은 변한 게 하나도 없어.
악마는 없어졌어도 악한 인간들은 그대로야.
나를 남작님이라고 부른다면 그게 최고야.

나도 다른 신사들처럼 신사라고.
　　내 혈통이야 의심할 여지가 없지.
　　이걸 봐라, 이 문장이 내가 쓰는 거야!
　　(그러면서 음란한 제스처를 해 보인다.)
마녀　(깔깔대고 웃으며)
　　하, 그게 바로 당신 본모습이에요!
　　당신은 정말 악동이에요. 늘 그랬듯이!
메피스토펠레스　(파우스트를 향해)
　　이보시오, 친구, 잘 배워둬요!
　　마녀는 이렇게 다루는 거요.
마녀
　　그건 그렇고 여긴 어인 일이시죠?
메피스토펠레스
　　소문난 몰약이 제대로 한잔 필요해!
　　최고로 오래된 거면 더욱 좋고.
　　오래 묵으면 효험이 커지는 법이거든.
마녀
　　여부가 있나요! 여기 한 병 있어요.
　　가끔가다 저도 한 모금씩 마셔요.
　　이젠 역겨운 냄새도 전혀 안 나요.
　　기꺼이 한 병 드릴게요.
　　(나지막한 소리로)
　　하지만 이 양반이 대책 없이 이 약을 마셨다간,
　　잘 아시다시피, 이분은 한 시간도 못 살 텐데요.
메피스토펠레스
　　이분은 좋은 사람이야. 약이 잘 들을 거야.

이 부업에서 최상품으로 대접해 드리도록 해.
동그라미를 그려놓고서 주문을 외우도록 해,
그러고서 이분께 한 잔 가득 드려라!

마녀

(마녀는 야릇한 몸짓을 해가며 동그라미를 그리고서 동그라미 안에도 희한한 물건들을 들여놓는다. 그러는 동안 유리잔들이 쨍그랑 소리를 내고 솥에서 부글부글 소리가 나며 음악이 울린다. 끝으로 마녀는 큼직한 책을 하나 들고 오고, 원숭이들을 동그라미 안으로 몰아넣는다. 원숭이들은 책상 역할도 하면서 횃불도 들고 있어야 한다. 마녀는 파우스트에게 어서 안으로 들어오라고 손짓한다.)

파우스트 (메피스토펠레스를 향해)

이게 다 무슨 수작인가?
미친 짓에다 광적인 몸짓,
이런 김빠진 사기 짓거리는
내가 익히 아는 역겨운 짓이야.

메피스토펠레스

그냥 재미로 하는 거죠! 웃자고요!
너무 그렇게 깐깐하게 굴지 마시오!
마녀도 의사니까 주문을 외워야 해요.
그래야 약발이 잘 듣거든요.

(그러면서 파우스트를 동그라미 안으로 억지로 밀쳐 넣는다.)

마녀 (짐짓 웅변조로 책을 읽기 시작한다.)

자, 잘 들어보아라!
하나에서 열을 만들고
둘을 빼버리면

셋이 되느니,
이제 너는 부자로다,
넷을 버려라!
다섯과 여섯에서,
마녀의 말대로,
일곱과 여덟을 만들면,
그걸로 다 끝난다,
그래서 아홉은 일이요,
열은 영이 된다.
이것이 마녀의 구구단.[73]

파우스트

이놈의 노파가 정신이 오락가락하는군.

메피스토펠레스

아직 끝나려면 멀었어요.
저런 책은 다 저런 식입니다.
나도 저런 책에 빠져 시간 좀 버렸죠.
거기 쓰여 있는 말도 안 되는 소리는
바보나 천재나 다 신비로울 따름이니까요.
선생, 저 수법은 예나 지금이나 똑같아요.
언제나 하는 방식이 늘 그 모양으로
셋이 하나요, 하나가 셋이요 하면서
진리가 아닌 오류를 세상에 퍼뜨립니다.[74]
이렇게 제 꼴리는 대로 제 멋대로 가르쳐요.
누가 이런 바보들을 상대하겠습니까?
사람들은 보통 아무 말이나 들어도
거기에 뭔가 생각할 게 있다고 믿지요.

마녀 (계속해서 읽는다.)

    이 학문 속에 들어 있는
    높고 높은 힘은
    이 세상 아무도 모른다!
    생각을 그친 자에게만
    이 힘은 주어지나니,
    그만이 이 힘을 간직하리라.

파우스트

이 여편네가 대체 무슨 잡소리를 읊는 거야?
머리가 터질 것만 같군.
이건 도무지 수백 수천의 천치들이
부르짖는 합창 소리를 듣는 것 같군.

메피스토펠레스

됐다, 됐어, 오, 멋진 무당아!
네가 만든 몰약을 가져오너라,
그리고 잔 가득 채우도록 해라,
이 친구한테 큰 해가 되진 않을 거야,
워낙 신분이 높은 분이라서
좋은 것은 다 마셔봤을 테니까.

마녀

(온갖 해괴한 의식과 함께 몰약을 잔에 따른다. 파우스트가 잔을 입에 대는 순간 살짝 불꽃이 인다.)

메피스토펠레스

단숨에 쭉! 그냥 들이켜요!
마음속에서 저절로 흥이 솟아나요.
악마들하고 그렇게 친한 분이

뭐 그런 조그만 불꽃을 무서워해요?
(마녀가 동그라미를 풀자,
파우스트는 동그라미 밖으로 나온다.)

메피스토펠레스
당장 나가요! 쉴 여유가 없어요.

마녀
약발이 잘 듣기를 바랄게요!

메피스토펠레스 (마녀를 향해)
그리고 네가 편하도록 말이다,
발푸르기스의 밤에 쓸 말 하나만 다오.

마녀
여기 이 노래를요! 가끔 불러주면
훨씬 효험이 있을 겁니다.

메피스토펠레스 (파우스트를 향해)
자, 어서 서둘러요, 내가 안내하죠.
약발이 안팎으로 퍼지려면
땀을 제대로 내야 해요.
이어 신선처럼 노는 법을 가르쳐줄게요,
당신은 금세 마음속에서 사랑의 신이
뛰어다니는 걸 느끼며 황홀해질 겁니다.

파우스트
그 거울 좀 잠깐만 다시 보자!
그 여인의 모습은 정말 아름다웠어!

메피스토펠레스
그럴 필요 없어요! 여자들 중에서 가장 멋진
여자를 살아 있는 모습으로 보게 될 텐데요.

(들릴락 말락 하게)
그 약을 들이켰으니 이제 네 눈엔
여자가 다 헬레네로 보일 거야.

길거리

(파우스트, 마르가레테 곁을 지나가며)

파우스트
　어여쁜 처자, 내 팔짱을 껴요,
　내가 집까지 바래다줄게요.

마르가레테
　저는 처자도 아니고 예쁘지도 않아요.
　누가 안 바래다줘도 집에 갈 줄 알아요.
　(그녀는 뿌리치며 서둘러 가버린다.)

파우스트
　맙소사! 인물 한번 곱구나!
　그렇게 예쁜 건 생전 처음이야.
　참하고 얌전하면서도
　어딘가 새침한 데가 있어.
　새빨간 입술, 불그스레한 뺨,
　평생토록 못 잊을 것 같아!

살며시 두 눈을 내리까는 모습,
내 가슴 깊이 새겨졌다.
쌀쌀맞게 뿌리치던 모습,
너무나 황홀했어!
(메피스토펠레스가 등장한다.)

파우스트

어서 그 처녀를 내게 데려와 줘!

메피스토펠레스

대체 어떤 처녀를 말하는 거죠?

파우스트

지금 막 지나갔잖아.

메피스토펠레스

아, 그 처녀요? 신부를 만나고 오는 길이죠.
신부가 그녀의 죄를 다 사해 주더군요.
나는 그녀의 자리 쪽으로 바짝 다가갔죠.
정말로 순진하기 그지없는 처녀였어요.
별것도 아닌 걸 가지고 고해를 하더군요.
그런 처녀는 나도 어쩌지 못해요.

파우스트

열넷은 더 됐겠지.

메피스토펠레스

말투 한번 난봉꾼 한스나 다름없네요.
난봉꾼 한스는 어여쁜 꽃은 다 가지려 해요,
순진한 처녀라고 해서 예외는 아니죠.
그의 입장에선 꺾지 못할 것 아무것도 없죠.
그렇다고 세상 일이 다 자기 뜻대로 되나요.

파우스트

    아는 것 많은 먹물 씨,
    쓸데없는 율법 이야기는 관두서!
    딱 한 마디만 해주지,
    그 사랑스런 젊은 처녀를
    오늘밤 내 품에 안기지 못하면,
    자정에 너와 나는 갈라서는 거야.

메피스토펠레스

    되는 게 있고, 안 되는 게 있어요.
    기회를 엿보는 데만도
    적어도 열흘은 필요해요.

파우스트

    나라면 일곱 시간만 주면
    악마의 도움 없이도
    저런 어린애 정도야 얼마든지 꾀어내.

메피스토펠레스

    말하는 투가 완전 프랑스 놈이군요.
    제발 화는 내지 말아주세요.
    그렇게 쉽게 가지면 무슨 재민가요?
    요렇게 조렇게 가지고 놀면서
    온갖 수작을 다 해보면
    즐거움이 더 오래가지 않을까요?
    인형을 반죽해서 요리를 하면요?
    남구의 소설들이 가르쳐주는 대로.

파우스트

    그딴 것 없어도 내 식욕은 넘친다.

메피스토펠레스

  농담 짓거리는 이제 그만하죠.
  단언컨대, 예쁜 애를 꾀는 일은
  그렇게 단숨에 되지는 않을 거요.
  막무가내로는 절대 취하지 못해요.
  나름대로 계략을 잘 짜야죠.

파우스트

  내 천사의 물건 중 아무거나 가져와 봐!
  그녀의 잠자리로 날 데려다 줘!
  그녀의 가슴에서 목도리를 가져다줘,
  내 사랑의 기쁨을 채워줄 스타킹밴드라도!

메피스토펠레스

  당신의 욕구를 당겨주고 또 채워주려
  얼마나 이 몸이 노력하는지 보여줄게요.
  한 순간도 지체하지 않도록 할게요.
  오늘 안으로 그녀의 방에 데려다 줄게요.

파우스트

  그녀를 만날 수 있을까? 가질 수 있을까?

메피스토펠레스

  그건 안 돼요!
  지금은 이웃집 여자 집에 있을 겁니다.
  그동안 당신은 혼자서 여유롭게
  앞으로 즐길 것이나 상상하면서
  그녀의 분위기에 흠뻑 빠져보시죠.

파우스트

  지금 갈까?

메피스토펠레스

때가 아직 일러요.

파우스트

그녀한테 줄 선물이 필요해. 한번 알아봐.

(퇴장)

메피스토펠레스

곧장 선물을 한다? 괜찮은데! 제대로 잘 풀리겠어!

나는 멋진 장소도 많이 알고,

보물이 묻힌 곳도 많이 알아.

뭐가 있는지 한번 봐야겠어.

(퇴장)

저녁

(깨끗하게 정리된 작은 방)

마르가레테 (머리를 땋아 위로 올리며)
 오늘 만났던 그분은 누구일까,
 정말 알고 싶어!
 정말 남자다워 보였는데,
 귀한 가문 출신 같았어.
 이마를 보니 그랬어.
 그렇지 않고야 그렇게 당당할 수가.
 (퇴장)

(메피스토펠레스, 파우스트 등장)

메피스토펠레스
 어서, 안으로, 소리를 죽여요, 어서 들어와요!
파우스트 (잠시 아무 말도 않다가)
 부탁이야, 나 좀 혼자 있게 둬!

메피스토펠레스 (주위를 둘러보며)
　처녀라고 방이 다 이렇게 깨끗한 건 아니죠.
　(퇴장)

파우스트 (주위를 올려다보며)
　반갑다, 달콤한 황혼의 빛이여!
　이 성소를 물들이고 있는 빛살아.
　이 가슴을 태워다오, 달콤한 사랑의 고통아!
　넌 희망의 이슬로 간신히 연명하고 있도다.
　이 방엔 참으로 고요함과 질서와
　만족감이 곳곳에 호흡하고 있다.
　이 가난 속에서도 이렇게 풍요롭다니!
　이런 감옥에 이런 축복이 있다니!
　(침대 옆의 가죽의자에 털썩 주저앉는다.)
　아, 나를 받아다오, 너 그녀의 조상들을
　기쁠 때나 슬플 때나 한껏 받아주었잖니!
　아, 아버지들이 쓰던 이 의자에는 얼마나
　자주 아이들이 와서 매달리곤 했을까!
　어쩌면 통통한 볼의 내 사랑도 와서
　성탄 선물을 받아 들고 감사하는 마음으로
　할아버지의 시든 손에 공손히 입 맞추었겠지.
　소녀야, 네가 지닌 풍요와 질서의 정신이
　내 주위에서 사각대는 소리가 들린다,
　그 정신은 날마다 어머니처럼 네게 가르쳐
　식탁 위엔 깨끗한 식탁보를 깔게 하고
　발치에는 물결무늬로 모래를 뿌리게 했겠지.

아, 사랑스러운 손이여! 신과 다름없어라!
이 오막살이가 네 손길에 천국이 된다.
그리고 이곳은 또!
(침대에 드리워진 한쪽 커튼을 걷어 올린다.)
넘치는 기쁨에 소름이 끼칠 지경이다!
시간이 얼마가 흐르든 이곳에 있고 싶다.
자연아! 너는 이곳에서 살짝 꿈을 꾸어
타고난 천사 하나를 완벽하게 만들어냈다.
그 아이는 여기 누워 있었을 거야! 어린
가슴엔 따뜻한 생명을 가득 품고서.
그리고 신들의 직조하는 힘이 나서서
자신들의 모습을 그녀 안에 새겨 넣었다.

그리고 너! 넌 왜 이곳에 와 있는 거냐?
이곳에 있으니 가슴이 터질 것만 같다!
대체 뭘 하려고? 마음이 왜 이리 무겁지?
가련한 파우스트야, 난 너를 모르겠다.

향기처럼 마법이 나를 에워싸고 있는가?
방금 전만 해도 향락에 눈이 멀었었지만,
이젠 사랑의 꿈속으로 녹아드는 것 같다!
우리는 공기가 가지고 노는 노리개인가?

지금 당장 그녀가 불쑥 나타나면
너의 무례한 행동을 어떻게 빌 텐가!
지금이야 이렇게 간덩이가 부어 있지만

당장 그녀의 발치에 엎드려 읍소하겠지.

메피스토펠레스 (안으로 들어온다.)

자, 어서요! 저 아래 그녀가 오고 있어요.

파우스트

어서 가자! 다시는 오지 않을 테다!

메피스토펠레스

자, 여기 묵직한 장식함을 가져왔어요.
모처에서 슬쩍해 온 거요.
장롱 어딘가에 이걸 넣어놓아요,
그 애가 아마 좋아 죽을 겁니다.
귀한 물건들을 장식함 안에 넣어놓았어요,
그거면 더 까다로운 여자도 넘어올 거요.
무슨 놀이를 하든 애야 애일뿐이지요.

파우스트

그렇게 해도 괜찮을까?

메피스토펠레스

그런 소리는 왜 해요?
혹시 보물이 갖고 싶어서 그래요?
충고 하나 드리죠, 바람둥이님,
공연히 아까운 시간 죽이지 말고,
저도 더는 고생시키지 말아주시죠.
설마 그런 노랭이는 아니시겠죠!
남은 머리를 짜고 나름 애를 쓰는데.
(장식함을 장롱에 넣고서 자물쇠를 잠근다.)
에이, 그냥 갑시다! 어서요!
가서 그 젊고 사랑스러운 것이

당신의 뜻에 따르도록 만들어야죠.
아니, 표정이 왜 그래요?
이거 꼭 강의실에 들어가는 사람 표정이네요,
물리학과 형이상학이 살아나
좀비처럼 당신 앞에 나타난 것 같네요!
에이, 그냥 갑시다!
(퇴장)

마르가레테 (등불을 손에 들고서)
왜 이리 후텁지근하고 답답하지?
(창문을 연다.)
바깥 공기는 별로 안 더운데.
느낌이 그래. 왜 그런지 모르겠어.
엄마가 얼른 집에 왔으면 좋겠어.
온몸이 으스스해.
난 정말 지질한 겁쟁이 계집애야!

(노래를 부르며 옷을 벗는다.)

    옛날에 툴레에 임금님 하나 있었네,
    목숨이 다할 때까지 사랑을 지켰네,
    임금님이 사랑하던 여인은 죽어가며
    황금의 잔을 하나 남겨주었다네.

    임금님 이 잔을 소중하게 떠받들었네,
    술자리에서 그 잔을 들어

술잔을 다 비울 때마다
임금님 눈엔 눈물이 넘쳐흘렀다네.

죽음의 순간이 다가오자 임금님
왕국에 있는 마을들 하나둘 세어
모두 왕자들에게 물려주었지만,
황금의 잔만큼은 내어주지 않았네.

임금님 어느 날 연회를 열어
주위에 기사들을 대동하고서
조상들이 물려준 높은 홀에 앉았네,
그곳 바닷가에 자리한 성에서.

거기 술 좋아하는 늙은 임금님 서서,
마지막 생명의 불꽃을 마셨다네,
그런 다음 성스러운 황금의 잔을
성 아래 파도를 향해 던졌다네.

잔이 떨어지며 물을 들이켜며
바다 깊이 가라앉는 걸 보았네.
임금님의 눈꺼풀도 꺼졌고
다시는 한 방울도 안 마셨다네.

(장롱을 열고서 옷을 넣으려다 보석함이 있는 것을 본다.)
이런 예쁜 보석함이 여기 웬일일까?
내가 장롱을 분명히 잠갔거든.

이상한 일이야! 이 안에 뭐가 들었을까?
어떤 사람이 이걸 저당물로 내놓고서
우리 엄마한테서 돈을 꿔 갔나봐.
여기 리본에 열쇠가 달려 있잖아.
어디 한번 열어봐야겠다!
이게 뭐람? 이럴 수가! 아니,
이런 건 생전 처음 봐!
보석이야! 이런 거는 아무리 귀부인이라도
최고의 잔칫날에나 할 수 있을 거야.
이 목걸이를 내가 하면 잘 어울릴까?
이 멋진 물건들은 누구 거지?
(보석 장식을 하고서 그녀는 거울 앞에 선다.)
이 귀걸이라도 내 거였으면 좋겠네!
귀걸이만 해도 당장 사람이 달라 보이네!
아무리 예쁘고 젊어도 그게 무슨 소용이야?
물론 그게 나쁠 거는 없어,
하지만 그 이상 아무것도 아니야.
안돼 보이니까 그런 칭찬이나 해주는 거지.
이 세상 누구나 황금을 원하고,
누구나 황금만이 모든 거라고 생각하지.
우리 같은 가난한 사람들만 불쌍한 거야!

산책로

(파우스트, 생각에 잠긴 채 서성인다. 메피스토펠레스 등장)

메피스토펠레스
 내 버림받은 사랑을 걸고! 지옥의 불길을 걸고서!
 에라, 이거보다 더 고약한 욕은 없나!
파우스트
 왜 그러나? 왜 그렇게 열을 내지?
 그런 표정은 처음 봐!
메피스토펠레스
 내가 악마만 아니었어도
 당장 악마한테 내 몸을 맡겼을 거요.
파우스트
 머릿속이 어떻게 된 거 아니냐?
 그렇게 날뛰니 너한테 제법 어울린다!
메피스토펠레스
 아, 글쎄, 그레트헨[75]한테 줄 보석들을

웬 목사라는 작자가 꼬불쳤다니까요!
어쩌다가 그 애 엄마가 보석을 보았어요,
순간 그 여자는 겁이 더럭 난 겁니다.
그 여자는 코가 아주 예민해요,
어디를 가든 기도서에 코를 박고 다니죠.
가구 같은 것만 봐도 냄새를 맡아보고서
그게 성스러운 건지 속된 건지 알아채지요.
그 보석을 보자 그 여자는 금방 느꼈어요,
그게 그리 성스럽지 않은 물건이라는 걸요.
애야, 그 여자가 소리쳤어요, 부정한 물건은
영혼을 얽어매고 피를 빨아먹는 거야.
차라리 성모님께 바치는 게 좋겠다,
성모께서 대신 하늘의 양식을 주실 거야.
그레트헨은 입술이 뾰로퉁해져 생각했죠,
굴러들어 온 복을 차버릴 게 뭐람,
이런 걸 이런 곳까지 가져다준 분은
불경스러울 리가 없다고, 정말로!
그 여자는 목사를 하나 불러왔어요.
자초지종을 다 듣고 난 목사 나부랭이는
물건을 힐끔힐끔 쳐다보며 흐뭇해했어요.
녀석이 말하더군요, 참 잘 생각했습니다!
이 세상 모든 건 그걸 가질 만한 자의 몫이죠.
교회는 위가 아주 튼튼해서
온 나라를 통째로 삼키고서도
여태껏 체한 적이 없답니다.
친애하는 아낙네들이여, 오로지 교회만이

부정한 물건을 소화시킬 수 있지요.

파우스트

그건 세상에 흔한 일이야.

유대인이나 왕들도 다 그런 짓을 하지.

메피스토펠레스

이어 녀석은 팔찌와 목걸이, 반지를

허섭스레기에 불과한 듯 쓸어 담더니,

호두 바구니 하나 정도 받아든 듯

하는 둥 마는 둥 감사의 인사를 하곤,

하늘나라에서 복을 많이 받을 거라 했어요,

그 여잔 그 말을 듣고 기뻐 어쩔 줄 몰랐죠.

파우스트

그러면 그레트헨은?

메피스토펠레스

방에 앉아 안절부절 못하면서

무얼 어찌해야 할지 모르고

밤낮으로 보석들만 생각하고 있지요,

그걸 가져온 사람 생각은 더 하고요.

파우스트

내 여인의 고통이 참으로 안타깝구나.

어서 당장 새 보석을 구해다 줘!

저번 것은 그리 대단치가 못했어.

메피스토펠레스

여부가 있겠어요, 나리에겐 모든 게 식은 죽 먹기죠!

파우스트

당장 내가 말하는 대로 실행에 옮겨!

그녀의 이웃집 여자를 잘 꼬셔봐.

이봐, 그렇게 굼뜨게 행동하지 말라고!

당장 새 보석을 가져오라니까!

메피스토펠레스

알겠습니다, 나리. 알아서 모실게요.

(파우스트 퇴장)

메피스토펠레스

사랑에 눈이 먼 저런 바보는

잠시라도 애인을 기쁘게 해주려고

해와 달과 별까지 허공에 쏘아 올리려 한다니까.

(퇴장)

이웃집 여자의 집

마르테 　(혼잣말로)
　하느님이시여, 제 남편을 용서해 주소서,
　나한테 잘해 준 게 아무것도 없어요!
　막무가내로 날 생과부로 만들어놓고
　대처로 나가 버린 그 사람.
　나 평생 바가지 한 번 긁은 적 없고,
　맹세코 그 사람만 사랑했나이다.
　(그녀는 운다.)
　죽었으면 어쩌지! 아, 너무나 고통스러워!
　차라리 사망증명서라도 있으면 좋겠어![76]
　(마르가레테가 등장한다.)

마르가레테
　마르테 아주머니!

마르테
　그레트헨, 왜 그러니?

마르가레테

　자꾸만 무릎이 꺾일 것만 같아요!
　여기 이런 보석함을 다시 발견했어요,
　제 장롱에서요, 흑단나무로 된 거예요.
　보석들이 너무나 휘황찬란해요,
　먼저 것보다 훨씬 귀한 것들이에요.

마르테

　네 엄마한텐 절대 말하지 마,
　금방 고해하러 가져갈 테니까.

마르가레테

　이걸 한번 봐요! 어서 좀 봐요!

마르테 (보석들로 그녀를 치장해 주면서)

　넌 정말 복 받은 아이야!

마르가레테

　이렇게 꾸미고서는 길거리에도 못 나가고
　교회에도 이 차림으로는 가지 못해요.

마르테

　마음이 내키면 언제든 우리 집엘 와,
　여기 와서 몰래 보석 치장을 하는 거야.
　그리고 한 시간쯤 거울 앞에서 기웃거리는 거지,
　그게 다 우리 같은 사람들의 즐거움이지.
　때가 되면 멋진 기회와 축제가 생길 거고
　슬슬 그런 데 나가서 모습을 드러내는 거야.
　먼저 목걸이를, 다음엔 귀고리를 하고 나가.
　엄마는 모를 거야. 혹시 알면 뭐라고 둘러대.

마르가레테

    이런 두 개의 보석함을 가져온 사람이 누굴까?

    아무래도 깨끗한 물건 같지는 않아요!

    (노크 소리가 난다.)

마르가레테

    맙소사! 엄마인가 봐요.

마르테 (작은 커튼 틈으로 내다보며)

    웬 낯선 신사분이야 — 들어와요!

    (메피스토펠레스가 등장한다.)

메피스토펠레스

    무턱대고 쳐들어와서

    정말 죄송합니다.

    (마르가레테를 보자 공손하게 뒤로 물러서며)

    혹시 마르테 슈베르틀라인 부인을 만날 수 있나요?

마르테

    전데요, 대체 무슨 일이죠?

메피스토펠레스 (그녀를 쳐다보며 나지막한 소리로)

    이제 당신을 봤으니 그걸로 됐어요.

    아주 귀한 손님이 와 계시는군요.

    성가시게 해서 죄송합니다,

    이따 오후에 다시 올게요.

마르테 (큰 소리로)

    아니, 얘, 이게 웬일이야!

    이분이 너를 요조숙녀로 보셨나 보다.

마르가레테

    저는 보잘것없는 계집아이에 불과해요.

너무 친절하셔서 몸 둘 바를 모르겠어요.
　　이 보석 장신구들은 내 것이 아니에요.
메피스토펠레스
　　아, 그 장신구만 보고 그러는 건 아닙니다.
　　하지만 당신의 맑은 눈과 그 몸가짐!
　　이곳에 있을 수 있다면 영광이겠습니다.
마르테
　　무슨 일로 오신 거죠? 정말 궁금해요.
메피스토펠레스
　　좋은 소식이 아니라 유감이군요!
　　이런 소식 전한다고 원망은 마세요.
　　남편이 죽었어요. 안부 전해 달라면서.
마르테
　　죽었다고요? 오, 하느님! 아이고 슬퍼!
　　내 남편이 죽었어! 이제 난 못 살아!
마르가레테
　　아이고, 마르테 아주머니, 진정하세요!
메피스토펠레스
　　그 슬픈 이야기를 들려줄게요!
마르가레테
　　저는 절대 사랑 같은 건 안 할 거예요,
　　사랑을 잃으면 슬퍼 못 견딜 거예요.
메피스토펠레스
　　기쁨은 슬픔을, 슬픔은 고통을 동반하죠.
마르테
　　제 남편의 마지막 길이 어땠는지 궁금해요.

메피스토펠레스

　그는 파도바에 묻혔지요.
　성 안토니우스 무덤 옆에 묻혔으니
　아주 성스러운 곳에서
　영원한 안식을 취하고 있지요.

마르테

　그 밖에 별도로 가져온 것은 없나요?

메피스토펠레스

　있지요, 대단히 어려운 부탁이 있어요.
　삼백 번의 미사를 올려달라 하더군요.
　그 밖에 내 주머니에 가져온 것은 없어요.

마르테

　아니, 뭐예요! 보석 하나, 패물 하나 없어요?
　떠돌이 직공들도 그런 것쯤 하나는
　자루 속 깊이 기념으로 넣어두는 건데,
　아무리 굶주리고 구걸을 할지언정!

메피스토펠레스

　부인 정말 유감이군요.
　하지만 그가 돈을 아무렇게나 쓴 건 아니지요.
　그는 자신이 저지른 잘못을 뉘우쳤어요,
　네, 무엇보다 자신의 팔자를 한탄했지요.

마르가레테

　아, 인간은 너무나 불행해요!
　그분을 위해 진혼미사를 올려드리고 싶어요.

메피스토펠레스

　아가씨는 지금 당장 결혼해도 되겠어요.

참으로 마음씨가 비단결처럼 곱군요.

마르가레테

아뇨, 아직은 결혼 같은 건 생각 없어요.

메피스토펠레스

정식 남편은 말고 잠시 애인은 어때요?
하늘이 내린 선물 중 애인을 품에 안는 것보다
더 큰 선물이 어디 있겠어요?

마르가레테

그건 이 고장의 풍습에 맞지 않아요.

메피스토펠레스

풍습이야 있든 말든, 그런 건 늘 있어요.

마르테

하던 이야기를 다 해줘요!

메피스토펠레스

나는 당신 남편의 임종의 침상 곁에 있었지요.
임종의 침상은 거름 더미보다야 나았지만
다 썩어가는 짚이었죠. 기독교인답게 죽었죠.
아직 다하지 못한 일이 많다고 했어요.
"정말, 내 스스로가 원망스러워." 그는 소리쳤죠,
"생업과 아내, 다 두고 이렇게 떠나왔으니!
아, 그 기억에 나 미쳐 죽을 것만 같아.
생전에 아내가 날 용서해 주길 바랄 뿐이야!"

마르테 (울면서)

착한 사람! 나는 진작 용서했어.

메피스토펠레스

"하지만 하느님은 아셔! 아내의 잘못이 더 크다는 걸."

마르테

그 사람 말은 거짓이에요! 참! 죽으면서까지 거짓말을 해!

메피스토펠레스

마지막 순간에 가서 좀 횡설수설했던 같아요.

그런 건 내가 좀 알지요.

"눈코 뜰 새 없었어." 그렇게 말하더군요.

"먼저 자식들이 나왔고, 빵을 벌어야 했지.

아주 넓은 의미로 빵을 말하는 거야.

그러니 난 한 번도 마음 편히 먹지 못했어."

마르테

아내가 바친 모든 진심과 모든 사랑을 잊다니,

밤낮 가리지 않고 겪은 고생을!

메피스토펠레스

그렇지 않아요, 부인을 진심으로 생각하던 걸요.

이런 말을 하대요. "난 몰타에서 배를 타면서

아내와 아이들을 위해 열렬한 기도를 올렸어.

덕분에 하늘도 우리에게 호의를 베풀었고,

우리 배는 위대한 술탄의 보물을 싣고 가던

터키 배를 한 척 포획했어.

용감한 행동에 대해 보상이 있었지.

그래서 내가 보여준 행동에 합당하게

나름대로 보상을 듬뿍 받았어."

마르테

아니 뭐요? 어디일까요? 혹시 파묻어 놓았나요?

메피스토펠레스

사방의 바람이 어디에 감췄는지, 아무도 모르죠.

예쁜 아가씨 하나가 그의 재산에 반했어요,
타향 나폴리에서 이리저리 떠돌 때였지요.
그 여자는 온갖 사랑과 마음을 바쳤어요,
그는 임종 때까지 그것[77]을 늘 느꼈지요.

마르테

의리 없는 인간! 제 자식들의 도둑이야!
아무리 불행을 겪고 궁핍을 당했어도
수치스런 인생에서 손을 떼지 못하다니!

메피스토펠레스

누가 아니래요! 그 대가로 그는 죽은 거죠.
내가 부인의 처지라면
일 년 동안 애도를 해주고 나서는
새 애인을 찾아볼 거요.

마르테

무슨 그런 말을! 내 남편 같은 사람은
이 세상에서 다시는 찾기 힘들 거예요!
그렇게 바보처럼 마음씨 좋은 인간은 없어요.
다만 방랑벽이 너무나 심했고,
낯선 여자와 낯선 포도주를 좋아했죠.
그리고 망할 놈의 노름을 좋아했어요.

메피스토펠레스

좋아, 좋아요, 남자 편에서도
당신이 하는 대로 대충 눈감아 주면
크게 문제 될 게 없을 것 같네요.
그 정도 조건이라면, 맹세하죠,
나라도 당신과 교환하고 싶군요.

비극 제1부 165

마르테

  오, 신사분이 농담도 잘하셔!

메피스토펠레스　(혼잣말로)

  기회를 봐서 도망쳐야겠어!

  이 여자는 악마까지 붙잡아 놓을 것 같군.

  (그레트헨을 향해)

  아가씨라면 이런 사랑이 어떨 것 같소?

마르가레테

  그게 무슨 말씀이죠?

메피스토펠레스　(혼잣말로)

  참으로 순진하기는!

  (큰 소리로)

  그럼 잘들 있어요!

마르가레테

  안녕히 가세요!

마르테

  가시기 전에 어서 한마디만 해주세요!

  그이가 언제 어디서 어떻게 죽고 매장됐는지

  증명서가 한 장 있으면 좋겠어요,

  저는 원래 모든 걸 무리 없이 하는 걸 좋아해요.

  신문에다 그이의 부고를 싣고 싶어요.

메피스토펠레스

  부인, 어떤 사실을 입증하려면

  증인 두 사람만 있으면 돼요.

  멋진 친구가 하나 있는데

  그 친구더러 법정에 나가 달라 할게요.

가서 데려올게요.

마르테

좋아요, 어서요!

메피스토펠레스

여기 이 아가씨도 나올 거죠?
멋진 친구죠! 세상 곳곳 여행도 많이 했고요,
아가씨들한테 매너도 아주 좋죠.

마르가레테

그분 앞에선 얼굴이 빨개질 것 같아요.

메피스토펠레스

어떤 왕이 와도 그럴 필요 없어요.

마르테

우리 집 뒤에 정원이 있거든요,
오늘 저녁에 거기서 기다릴게요.

길거리

(파우스트, 메피스토펠레스)

파우스트
 어때? 조짐이 좋아? 어떻게 금방 될 것 같나?
메피스토펠레스
 아이고, 이런! 아주 불이 붙었군요.
 좀만 있으면 그레트헨은 당신 것이 돼요.
 오늘 저녁에 마르테의 집에서 만나기로 했어요.
 이 여편네는 뚜쟁이 역할이나
 집시 거래 하는 데는 아주 타고났어요!
파우스트
 그거 아주 잘됐군!
메피스토펠레스
 하지만 우리한테 요구 조건을 내걸었어요.
파우스트
 세상에 공짜는 없는 법이지.

메피스토펠레스

　그냥 엄숙하게 증언 한 번만 해주면 돼요,
　그 여자 남편이 죽어서 사지를 뻗고
　파도바의 성스러운 곳에 누워 있다 하면 돼요.

파우스트

　거참, 똑똑하군! 그럼 먼저 가서 보고 와야지!

메피스토펠레스

　웬 뚱딴지같은 소리! 그딴 것은 필요 없어요.
　괜히 따질 것 없이 가서 증언만 하면 그만이오.

파우스트

　생각이 고작 그거라면, 이 계획은 없던 걸로 하자.

메피스토펠레스

　오, 성자 나셨네요! 성인이 다 되셨어!
　아니, 지금까지 살아오면서
　위증 한 번 안 해봤다는 거요?
　당신은 신과 세계, 세계 안에서 살아 움직이는 것,
　인간과 인간의 머리와 가슴속에 살아 있는 것,
　이런 것에 대해 힘주어 정의하지 않았던가요?
　눈썹 하나 까딱 안 하고서 아주 뻔뻔스럽게.
　하지만 진짜로 진실을 말하자면,
　확신컨대, 당신이 아는 것이라곤 고작,
　슈베르틀라인 씨의 죽음 정도뿐이오!

파우스트

　너야말로 거짓말쟁이에 궤변가야.

메피스토펠레스

　뭘 모르니까 그런 소리를 하는 거요.

내일이면 점잔을 빼면서 당신은
온 마음을 다 바쳐 사랑한다며
가련한 그레트헨을 유혹할 거면서.

파우스트

진심에서 그렇게 할 거야.

메피스토펠레스

그래, 멋지군요!
그다음엔 영원히 진실한 사랑이라며
모든 걸 압도하는 충동에 내맡기겠죠.
이것도 다 진심에서 그러는 건가요?

파우스트

관둬! 진심이라니까! 마음속에
뭔가 부글부글 끓는 것을 느껴
이름을 붙이려 해도 붙이지 못해
온 감각을 열고 세상을 누비면서
거기에 맞는 말을 찾아 헤매다가,
나를 태우는 불꽃은 시간과 공간을
초월하여 영원하다고 말한다 해서,
그걸 악마의 거짓말 놀이라 할 건가?

메피스토펠레스

암만 그래도 내 말이 맞아요!

파우스트

내 말 좀 듣게! 잘 들으라고!
부탁이야, 내 입 좀 아프게 하지 마.
옳다고 우기는 자는 제 목소리만 들을 테니
끝까지 자기가 옳다고 생각하겠지.

자, 가자고. 쓸데없는 말 하는 것도 지겨워.
자네가 옳아. 참말로 어쩔 수가 없군.

정원

(마르가레테는 파우스트의 팔짱을 낀 채로 거닐고, 마르테는 메피스토펠레스와 함께 산책 중이다.)

마르가레테

　선생님께서 저한테 눈높이를 맞추면서까지
　저를 아껴주시니 부끄러울 따름이에요.
　여행을 많이 하신 분들은 대개 마음씨가
　관대해서 모든 걸 좋게 보아주시죠.
　경험이 그리 많으신 분에게 제 빈약한 얘기는
　사실 너무나 재미가 없을 거예요.

파우스트

　당신이 던지는 눈길 하나, 말 한 마디가
　이 세상의 지혜를 다 합친 것보다 더 즐거워요.
　(그녀의 손에 키스한다.)

마르가레테

　그러시면 안 돼요! 어찌 이런 손에다 키스를요?

추하고 거칠기 짝이 없는 손인걸요!
이 손으로 별의별 안 하는 일이 없어요!
엄마가 아주 엄격하시거든요.
(둘은 지나간다.)

마르테

선생님은 이렇게 주로 여행을 하시나 봐요?

메피스토펠레스

아, 먹고살려다 보니 여행을 많이 하게 돼요!
어떤 곳은 정말 가슴을 찢듯이 떠나야 하지만,
그렇다고 한곳에 영원히 머물 수도 없답니다!

마르테

젊었을 때야 매인 데 없이 세상 곳곳을
자유롭게 떠돌아 다녀도 좋겠지요.
하지만 구질구질한 시절은 다가오고, 이때
늙은 홀아비로 허우적대며 무덤으로 가는 건,
누구에게나 달가울 리 없지요.

메피스토펠레스

멀리 벌써 그 모습이 보이니 겁나네요.

마르테

그러니까 선생님도 제때에 잘 생각하셔야 해요.
(둘은 지나간다.)

마르가레테

네, 눈에서 멀어지면 마음에서도 멀어져요!
선생님은 몸에 예의가 아주 배어 있으셔요.
그래도 선생님은 친구들도 많으시겠지요,
친구들 또한 저보다 훨씬 똑똑할 거고요.

파우스트

아가씨! 사람들이 똑똑하다고 하는 게 뭔지 알아요?
그건 다 허영심과 멍청함을 두고 하는 말이지요.

마르가레테

왜 그렇죠?

파우스트

아, 순박함과 순진무구함은 자신이 가진
성스러운 가치를 전혀 몰라보는구나!
겸손과 내세울 것 없는 삶이야말로
자애로운 자연이 주는 최고의 선물이오.

마르가레테

선생님은 저를 잠깐만 생각하시겠지만
저는 선생님을 온종일 생각할 거예요.

파우스트

대부분의 시간을 혼자 보내나요?

마르가레테

살림살이는 얼마 안 돼도
할 일이 꽤 많거든요.
하녀가 없는 관계로 직접 요리하고 쓸고 뜨개질하고
바느질까지 하면서 꼭두새벽부터 밤중까지 바빠요.
게다가 엄마는 뭐 하나
허투루 넘어가는 법이 없어요!
사실 그렇게까지 아낄 필요는 없거든요.
남들보다 더 여유 있게 살아도 돼요.
아버지가 남겨준 재산이 꽤 되거든요,
교외에 정원이 딸린 작은 집이 하나 있어요.

그래도 요즘은 꽤 한가한 편이에요.
　　지금 오빠는 군인이고
　　여동생은 죽었어요.
　　그 애 때문에 늘 신경을 써야 했죠,
　　그런 고생은 다시 해도 좋아요,
　　그 앤 정말 사랑스러웠거든요.

파우스트
　　천사겠죠, 당신 닮아서.

마르가레테
　　애를 제가 키웠지요, 애도 저를 무척 좋아했어요.
　　애는 유복자로 태어났어요.
　　그때 우리는 엄마를 포기했었죠,
　　엄마는 상태가 말이 아니었어요,
　　회복도 무척 더뎠지요.
　　그러니 불쌍한 어린것에게
　　젖을 물릴 엄두도 못 냈죠.
　　때문에 제가 도맡아서 키웠어요.
　　우유와 물을 먹여가며. 제 애가 됐어요.
　　안아주거나 무릎에 앉히면
　　좋아서 버둥거렸죠. 그렇게 컸어요.

파우스트
　　비길 데 없는 행복감을 느꼈겠군요.

마르가레테
　　힘든 때도 꽤 있었어요.
　　밤에는 요람을 제 침대 옆에다 두고서
　　애가 움직이는 기척만 보여도

저는 눈을 뜨곤 했어요.
　　우유를 물려보기도 하고 옆에 눕혀 보기도 하고
　　또 울음을 안 그치면 침대에서 일어나
　　아이를 안고서 방에서 이리저리 걸었어요.
　　그러다 새벽같이 일어나 빨래를 했고,
　　장을 봐오고 그런 다음 부엌일을 했죠.
　　그런 생활은 오늘이나 내일이나 똑같죠.
　　때문에 즐겁다고만 할 수는 없는 일이죠.
　　대신 밥맛은 꿀맛이고 휴식도 달콤하죠.
　　(둘이 지나간다.)

마르테
　　불쌍한 아낙네들을 어쩌면 좋아요,
　　홀아비 마음 하나 돌리기도 힘들어서.

메피스토펠레스
　　다 당신들 손에 달려 있어요,
　　내 마음을 어서 돌려보라니까요.

마르테
　　어서 말해 주세요, 여태껏 아무도 못 만났나요?
　　어디 마음을 준 사람은 없나요?

메피스토펠레스
　　이런 속담이 있어요. 자기 집과
　　정숙한 아내는 황금이나 진주와 같다고.

마르테
　　그런 생각을 한 적이 없느냐 이 말이에요.

메피스토펠레스
　　어디를 가든 사람들은 저를 극진하게 대해 줬지요.

마르테

한 번도 진지하게 생각해 본 적 없느냐고요.

메피스토펠레스

아낙네들하고 농담 따먹기나 해서는 안 돼요.

마르테

아이고, 말귀를 못 알아들으시네!

메피스토펠레스

이거 정말 미안하군요.
그래도 알긴 해요. 당신이 아주 좋은 분이라는 건.
(둘은 지나간다.)

파우스트

아, 작은 천사님, 내가 정원에 들어서는
순간 내 얼굴을 알아봤다는 거군요.

마르가레테

혹시 못 보셨나요? 그때 저는 눈을 감았어요.

파우스트

나의 무례한 행동도 용서해 주는 거죠?
얼마 전에 당신이 성당 밖으로 나왔을 때
낯 뜨거운 짓을 했잖아요.

마르가레테

무척 당혹스러웠어요. 그런 일은 생전 처음이라서.
남에게 책잡힐 만한 행실을 보인 적이 없거든요.
혹시 내가 칠칠치 못한 너저분한 여자로
비친 것은 아닌지 그런 생각을 해보았어요.
나를 보자마자 이런 여자 정도야
쉽게 가질 수 있다고 생각하는 것 같았죠.

하지만 고백컨대! 이유는 알 수 없지만,
이 가슴속에서 당신을 향한 호감이 싹텄어요.
물론 당신한테 화를 못 낸
내 자신이 너무 미웠어요.

파우스트

달콤한 내 사랑!

마르가레테

잠깐 실례할게요!
(별꽃 하나를 따더니 꽃잎을 뜯어내기 시작한다, 한 잎 또 한 잎.)

파우스트

그게 뭐하는 거요? 꽃다발 만들려고요?

마르가레테

아뇨, 그냥 장난하는 거예요.

파우스트

어떻게 하는 건데요?

마르가레테

저리 가세요! 괜히 웃으시려고요.
(꽃잎을 뜯어내며 뭐라고 중얼거린다.)

파우스트

뭐라고 중얼거리는 거죠?

마르가레테 (조금 큰 소리로)

사랑한다 ― 사랑하지 않는다.

파우스트

넌 정말 하늘의 얼굴을 하고 있구나!

마르가레테 (계속한다.)

사랑한다 ― 사랑하지 않는다 ― 사랑한다 ― 사랑하지 않는다

(마지막 꽃잎을 따내면서, 환희에 찬 목소리로)

그는 나를 사랑한다!

파우스트

그래, 내 사랑! 그 꽃점을

신들의 말씀으로 삼아요. 그는 당신을 사랑한다!

알겠어요? 무슨 말인지? 그는 당신을 사랑한다!

(그녀의 두 손을 잡는다.)

마르가레테

식은땀이 나요!

파우스트

떨 거 없어요! 이 눈길로,

이 손길로 당신에게 말하고 싶어요,

말로 표현할 수 없는 것을 말이오.

바로 온몸을 바쳐 영원히 갈

이 환희를 말이오!

영원히! 이 환희의 끝은 절망일 거요,

아니야, 끝은 없어! 끝은 없다고!

마르가레테

(파우스트의 손을 쥐고 있다가 얼른 풀고는 도망친다. 파우스트는 잠깐 생각에 잠겼다가 그녀의 뒤를 쫓는다.)

마르테 (다가오면서)

벌써 밤이 되었네요.

메피스토펠레스

그렇군요, 이제 가봐야겠네요.

마르테

좀 더 붙잡아 두고 싶지만,

이곳은 별로 좋지 않은 곳이라서.
이곳 사람들은 참 할 일도
아니, 할 짓거리도 없는가 봐요.
한다는 게 고작 이웃들 감시나 하는 거죠.
이렇게 하나 저렇게 하나 소문이 나죠.
그건 그렇고 그 젊은 쌍은 어디 갔죠?

메피스토펠레스

저쪽 골목으로 뛰어올라 가더군요.
장난질 치는 나비들처럼!

마르테

그 신사 양반 그 아이한테 반했나 봐요.

메피스토펠레스

그건 그 아이도 마찬가지죠. 세상만사 다 그런 거죠.

어느 정자

(마르가레테, 안으로 뛰어들어 와 문 뒤에 몸을 숨긴다. 손가락 끝을 입술에 대고서 문틈으로 밖을 내다본다.)

마르가레테
    그분이 온다!
파우스트 (안으로 들어오며)
    이런 장난꾸러기, 나를 놀리는구나!
    요놈, 잡았다!
    (키스한다.)
마르가레테 (파우스트를 끌어안고 키스에 응하면서)
    세상에서 제일 멋진 당신! 당신을 정말로 사랑해요!
    (메피스토펠레스가 노크한다.)
파우스트 (쾅쾅 발을 구르며)
    대체 누구요?
메피스토펠레스
    그야 제일가는 친구지요!

파우스트

　이런 짐승 같은 녀석!

메피스토펠레스

　이쯤해서 작별을 해야죠.

마르테　(안으로 들어온다.)

　맞아요, 너무 늦었어요, 선생님.

파우스트

　집까지 바래다주면 안 되나?

마르가레테

　그랬다가는 엄마가 저를 그냥 — 잘 가세요!

파우스트

　내가 꼭 가야 하나?

　그럼 안녕!

마르테

　잘들 가세요!

마르가레테

　곧 다시 봐요!

　(파우스트와 메피스토펠레스 퇴장)

마르가레테

　아이고야! 어쩌면 이 세상의 모든 것을
　다 아시는 저런 분이 있을까!
　그분 앞에만 서면 너무나 부끄러워
　하시는 말에 그냥 예라고 할 뿐이야.
　난 아는 것도 없는 철없는 아이일 뿐이야,
　정말 모를 일이야, 뭐 땜에 나를 좋아하는지.

　(퇴장)

숲과 동굴

파우스트 (혼자)
고결한 정령아, 넌 내게 주었다, 내가 원한
모든 것을 주었다. 네가 불길 속에서
네 얼굴을 내게 돌린 것은 헛되지 않았다.
넌 멋진 자연을 내게 왕국으로 주었고,
자연을 느끼고 누릴 힘도 주었다. 내게
냉정한 눈길로 자연을 찾게도 해주었고,
벗의 가슴속을 들여다보듯 자연의
깊은 가슴속을 들여다보게도 해주었다.
넌 내게 일련의 생명체들을 보여주었지,
조용한 숲에도 공기 중에도 물속에도
내 형제들이 살고 있다는 것을 알려주었어.
그리고 숲에 폭풍우가 노호하며 몰아쳐
우람한 가문비나무가 옆 나무 가지와
옆 나무줄기를 덮치며 우지끈 넘어져
그 소리에 야산 전체가 꽝꽝 울릴 때면,

너는 나를 안전한 동굴로 안내하여
나 자신을 알게 해주었고, 그럴 때면
내 가슴속 깊은 기적들이 환히 보였다.
그리고 나의 눈앞에 해맑은 달이
부드럽게 떠오르면, 암벽에서,
축축한 덤불에서 태고의
은빛 형상들이 훨훨 날아올라
내 치열한 성찰의 욕구를 채워준다.

아, 인간에게 완벽한 것은 없음을
나 이제 느낀다. 너는 이 같은 환희로
나를 신들에게 가까이 데려다 주며
내게 동반자도 주었다. 이젠 이 친구가
없어서는 안 되게 되었지. 뻔뻔스럽기
그지없게 내 눈앞에서 날 우습게 만들고
한마디 말로 네 선물을 없애 버리지만.
이 친구는 내 가슴속에서 거친 불을 질러,
나 그 아름다운 모습을 향해 달려드누나.
욕망을 즐기고 나면 또 다른 쾌락을 찾고
나 쾌락 속에서 또 다른 욕망을 열망한다.

(메피스토펠레스가 등장한다.)
메피스토펠레스
   그런 삶도 머지않아 싫증이 나실 텐데?
   계속해서 그렇게 하면 무슨 재미요?
   한 번 정도 맛보는 거야 뭐 괜찮겠지만.

이제 다시 뭔가 새로운 것을 찾아봐야죠!

파우스트

이 친구야 다른 일이나 하시지,

이 좋은 날 나나 괴롭히지 말고.

메피스토펠레스

됐어요, 됐어! 편히 쉬시게 둘 테니

뭘 그렇게 정나미 떨어지게 말해요.

당신처럼 못되고 퉁명스럽고 미친

사람하고 있어봤자 무슨 도움이겠어요.

나도 온종일 이것저것 할 일이 많아요!

주인이 뭘 좋아하고 뭘 싫어하는지

표정만 갖고는 알 수도 없는 노릇이니!

파우스트

말하는 꼴하고는, 참!

사람을 괴롭혀놓고서 고마워해 달라니.

메피스토펠레스

이 불쌍한 인간이여, 내가 없었다면

대체 어떻게 당신이 살았을까요?

그 횡설수설하는 공상의 세계에서

당신을 이렇게 구해 준 게 누구였지요?

내 도움이 없었으면 당신은 벌써

이 세상을 등졌을 겁니다.

아니, 왜 이런 동굴, 바위틈에

수리부엉이처럼 처박혀 있는 거요?

왜 축축한 이끼와 물기 어린 바위나

빨아먹는 두꺼비 꼴을 하고 있냐고요?

소일거리치고는 참 대단하군요!
당신 몸속에는 아직도 박사가 들어 있어요!
파우스트
네가 알기나 하겠느냐, 이렇게 자연 속에서
보내면 얼마나 새로운 삶의 활력이 생기는지?
너 같은 악마 녀석이 만약 그걸 눈치챈다면,
네 녀석이 내게 행복을 허용할 리 만무하다.
메피스토펠레스
속세를 떠난 기쁨이군요!
이슬을 맞으며 한밤중에 산속에 누워
하늘과 땅을 기쁘게 얼싸안고서
자기가 신이라도 된 것처럼 자꾸만 부풀어
예감에 찬 욕망을 대지의 골수에 쑤셔 박고
엿새간의 업적을 가슴에 느끼며
나로서는 뭔지도 모를 것을 간 크게 즐기다 보면
곧 이 모든 것 속으로 쾌락 속에 자신을 흘려버려
이 지상의 아들은 흔적도 없이 사라지는 거요,
그리고 그 잘난 직관은—
어떤 몸짓을 해 보이며
참, 어떻게 말해야 할지 곤란하네요.
파우스트
이런 지저분한 녀석!
메피스토펠레스
기분 언짢으신가요?
당신이야 얼마든지 지저분하니 뭐니 할 수 있죠,
그런 말을 그 순결한 귀에다 지껄일 수는 없죠,

아무리 순결한 귀도 얼마든지 탐하는 그걸 말이죠.
그렇다면 좋아요, 때에 따라
자신을 속여 쾌락을 맛보는 겁니다.
그런데 당신 같은 사람이 그걸 잘도 참겠네요.
좀만 있어도 금세 탈진해서
오래가지 못해 광기나 불안
공포에 시달릴 테니까요.
이 정도로 해두죠! 당신 애인은 저쪽
집에서 침울한 기분에 빠져 있어요.
당신 생각에 사로잡혀 있어요,
당신을 너무나도 사랑하거든요.
당신은 처음엔 사랑의 격정을 그렇게 쏟아냈죠,
마치 눈이 녹아 시냇물이 넘쳐흐르듯이.
사랑의 격정을 그녀의 가슴에 다 퍼부었죠,
이제 당신의 시내가 다 말랐나 보군요.
내 생각엔 숲에서 왕 노릇이나 하지 말고
불쌍한 어린것의
사랑에 응답해 주는 것이
훨씬 좋은 일이라 보이는군요.
그녀에겐 시간이 너무나 길게 느껴져요,
창가에 서서 낡은 장벽 너머 하늘로
떠가는 구름만 물끄러미 바라보고 있어요,
"이 몸이 새라면!" 하며 그녀는
온종일 그리고 한밤중까지 노래하죠.
명랑하다가도 금세 우울해져요,
실컷 울고 나면

마음의 안정을 되찾는 것 같은데,
늘 사랑에 빠져 있어요.

파우스트

이놈의 뱀! 뱀 같은 자식!

메피스토펠레스 (혼잣말로)

좋아! 널 내 뜻대로 만들고야 말겠어!

파우스트

이 더러운 녀석, 당장 꺼져,
어여쁜 그 처녀 이름은 부르지 마!
달콤한 그녀의 육체를 향한 열망을
자꾸만 이 미친 눈앞에 불러내지 말라고!

메피스토펠레스

어쩌려고요? 그 아이는 당신이 도망쳤다고 생각하는데.
사실 그 아이 생각이 과히 틀린 것도 아니죠.

파우스트

난 그녀 곁에 있어, 내 아무리 멀리 있어도.
나는 그녀를 잊을 수도, 잃을 수도 없어.
그래, 주님의 성체마저도 질투가 난다고,
그사이 그녀의 입술이 거기에 입 맞춘다면.

메피스토펠레스

여부가 있겠어요! 나도 당신이 질투가 났는데,
장미넝쿨 아래서 풀을 뜯는 그 쌍둥이[78] 때문에요.

파우스트

당장 꺼져, 이 뚜쟁이 자식아!

메피스토펠레스

실컷 욕해 보시오! 참말로 우습군요.

이 세상에 남자와 여자를 창조해 놓은
신조차도 금방 깨달으셨죠, 이들에게
기회를 만들어주는 게 고귀한 사명이라고.
어서 가봐요, 이거야 참 못 봐주겠군!
당장 당신 애인의 방으로 가라고요,
목을 매러 가지는 마시고.

파우스트

그녀의 품에 안기는 천상의 기쁨이 아무리 큰들?
그녀의 가슴에 내 몸을 녹인들!
그녀한테 외려 해만 되는 거 아닌가?
나는 도망자 신세 아닌가? 떠돌이 아니던가?
정처 없는 매정한 인간 아니던가?
욕정의 노도처럼 바위를 타고 굽이치며
심연을 향해 요동치며 쏟아지는 자가 아니던가?
그 한쪽에는 어린애다운 순진한 마음씨의 그녀가
조그만 알프스 초원의 오두막에 살고 있어,
그리고 그녀가 하는 집안일이라는 건 다
이 조그만 세계에 국한될 뿐이야.
그런데 나는, 신의 저주를 받은 나는
바위들을 움켜잡아
박살을 내는 것만으로는
만족을 못 한단 말인가!
그녀를, 그녀의 평화를 깨뜨려야 하는가!
너, 지옥아, 넌 이런 희생을 꼭 원하는가!
도와줘, 악마야, 이 공포의 시간을 줄여줘!
어차피 겪어야 할 일이라면 당장 겪자고!

그녀의 숙명이 내 머리 위에 무너져 내려
그녀 나와 함께 지옥에 떨어진다 해도.

메피스토펠레스

또다시 발광을 하는군!
어서 달려가 그녀를 달래주라니까, 이 바보야!
당신 같은 닭대가리들은 출구가
당장 안 보이면 그걸로 끝장이라 생각하지.
용감한 자만이 인생을 누릴 수 있는 법!
그사이에 제법 악마다운 면을 익히셨군.
이 세상에서 가장 구역질 나는 게 뭔지 아쇼,
그건 바로 절망에 빠진 악마요.

그레트헨의 방

그레트헨　(물레 앞에 혼자 앉아)
　　　　내 마음의 안식 사라져,
　　　　이 마음 너무나 무겁네.
　　　　어디서 안식을 찾을까,
　　　　어디서도 찾을 수 없네.

　　　　그분이 없는 이 인생,
　　　　내겐 무덤이거늘,
　　　　온 세상이 내겐
　　　　쓰레기나 다름없어라.

　　　　가엾은 이 머리는
　　　　미쳐버렸고,
　　　　가엾은 이 마음은
　　　　산산조각 나버렸네.

내 마음의 안식 사라져,
이 마음 너무나 무겁네.
어디서 안식을 찾을까,
어디서도 찾을 수 없네.

그분이 오시나 하여
창밖만 내다보네,
혹시 어디 계시나 하여
집 밖으로 나가 보네.

당당한 그분의 발걸음,
고귀하기만 한 자태,
입술에 어리던 미소,
집어삼킬 듯한 눈길,

그리고 나를 홀리던
능수능란한 말솜씨,
나를 잡아주던 그 손길,
아, 내게 해주던 그 키스!

내 마음의 안식 사라져,
이 마음 너무나 무겁네.
어디서 안식을 찾을까,
어디서도 찾을 수 없네.

그분을 그리워하는

여기 이 가슴으로
그분을 붙잡아
내 안에 두고 지고!

나 마음껏 그분과
입 맞추고 싶어라,
내 그분의 키스에
스러져도 좋으리라!

마르테의 정원

(마르가레테, 파우스트)

마르가레테
 어서 말해 주세요, 하인리히!
파우스트
 내가 할 수 있는 건 뭐든지!
마르가레테
 혹시 종교에 대해 어떻게 생각하세요?
 참으로 좋으신 분인 건 확실하지만,
 종교는 별로로 생각하시는 것 같아요.
파우스트
 그런 말 관둬요! 내가 사랑하는 건 알지?
 사랑이라면 난 목숨도 아깝지 않아요,
 난 남의 신앙이나 감정은 안 건드려요.
마르가레테
 그건 안 돼요, 무조건 믿어야 해요!

파우스트

  믿으라고?

마르가레테

  아! 당신 마음을 움직일 수만 있다면!
  성사 같은 것도 안 존중하시죠?

파우스트

  존중해.

마르가레테

  그래도 정말로 그런 건 아니죠.
  미사나 고해성사에 안 간 지도 오래죠?
  하느님을 믿으세요?

파우스트

  글쎄, 나는 하느님을 믿는다고
  어느 누가 자신 있게 말할 수 있을까?
  성직자나 현자들에게 물어보라고,
  그 사람들의 답을 들으면
  아마 묻는 사람만 이상해질 거야.

마르가레테

  그러면 안 믿는단 말씀인가요?

파우스트

  잘 들어요, 내 귀여운 사랑!
  하느님에게 누가 이름을 붙일까?
  어느 누가 나는 하느님을 믿는다고
  자신 있게 말할 수 있을까.
  누가 또 가슴으로 느끼면서도
  감히 나서서 이렇게 말할까?

나는 하느님을 안 믿는다고.
그분은 모든 것을 품어주고,
지상의 모든 것을 감싸니,
그분은 당신과 나, 스스로까지
품어주고 감싸주지 않나?
저 위에 드리운 하늘이 안 보여?
우리 발밑엔 이렇게 굳건한 땅이 있고.
영원한 별들은 다정한 눈길로
우리 머리 위에 떠오르잖아.
당신의 눈을 바라보는 내 눈이 보이지,
그러면 아마 보일 거야, 모든 것이
당신의 머리와 당신에게 몰려와
알 수 없는 신비로움 속에
당신 곁에서 보일 듯 안 보일 듯
서로 손에 손을 잡는 모습이 말이야.
그것들로 당신의 방대한 가슴을 채워요,
더없는 행복감에 젖어들게 되면,
그것을 당신 부르고 싶은 대로 불러요,
행복이든! 가슴이든! 사랑이든! 신이든!
나는 그걸 어떻게 불러야 할지 몰라.
느낌이야말로 전부요,
이름이야 소음과 연기에 지나지 않아.
하늘의 불빛을 흐릿하게 하는.

마르가레테

정말 멋지고 맞는 말씀이에요.
신부님도 그런 비슷한 말씀을 했어요,

표현만 약간 다를 뿐이에요.

파우스트

어디 어느 하늘 아래서건
누구나 다 그렇게 말하는 거야,
각자 자기 말로 하는 거야,
나라고 못 할 것도 없잖아.

마르가레테

말씀을 듣고 있자면 그럴듯해 보여요,
하지만 뭔가 맞지가 않아요.
당신이 기독교를 안 믿어서 그래요.

파우스트

어허, 내 사랑!

마르가레테

저는 정말이지 당신이 그자와 어울리는 것을
보고 전부터 마음이 아팠어요.

파우스트

그건 무슨 소리야?

마르가레테

당신과 함께 다니는 그 인간이
저는 정말 치가 떨리게 싫어요.
제가 지금까지 살아오면서
칼로 찌르듯 제 가슴을 찌른 것은
바로 그 인간의 징그러운 얼굴이었어요.

파우스트

어여쁜 그대, 무서워할 거 없어요!

마르가레테

그 인간은 보기만 해도 몸서리가 쳐져요.
원래 저는 모든 사람을 다 좋아해요.
하지만 당신이 보고 싶기는 해도
그 인간만 보면 간담이 서늘해져요.
아무래도 악당처럼 보이거든요!
제 생각이 잘못됐다면 하느님, 용서해 주세요!

파우스트

그런 괴짜도 다 쓸 데가 있다고.

마르가레테

그런 인간은 상종하고 싶지 않아요!
그 인간은 이곳에 올 때마다
늘 빈정대는 듯한 표정이에요,
뭔가 화난 듯이 보이기도 하고.
연민의 정 같은 건 전혀 없어 보여요,
그 사람 이마에는 사랑 같은 건
모른다고 쓰여 있어요.
당신 품에 안기면 이렇게 편하고
자유롭고 포근하고 아무 걱정도 없지만,
그 인간이 있으면 가슴이 답답해요.

파우스트

당신은 정말 마음이 민감해!

마르가레테

제가 그런 느낌에 사로잡힐 때면
그 인간이 어디서 나타나든 간에
당신을 사랑하는 이 마음도 싹 가셔요.

그 인간이 있으면 기도도 못 해요,
그런 느낌이 자꾸 내 가슴에 파고들어요.
하인리히, 당신도 그렇죠?

파우스트

아무래도 그를 싫어하는 것 같군!

마르가레테

이제 가봐야겠어요.

파우스트

아, 잠깐만이라도 당신의 품에
편안히 안긴 채 가슴과 가슴을 맞대고
서로의 마음을 주고받을 수는 없는 거요?

마르가레테

제가 혼자 잔다면야 그러겠죠!
오늘밤 당신을 위해 빗장을 열어놓을게요.
하지만 어머니는 잠을 깊이 자지 않아요,
엄마한테 들키는 날에는
저는 그 자리에서 죽음이에요!

파우스트

천사여, 그런 일은 일어나지 않아.
이 병을 줄 테니, 세 방울만
어머니의 음료에 넣으라고.
그러면 아주 깊은 잠에 빠지실 거야.

마르가레테

당신 말이라면 뭐든 못 하겠어요?
다만 어머니에게 아무 해도 없으면 해요!

파우스트

　혹시라도 그렇다면 당신한테 권하겠소?

마르가레테

　선생님, 당신 얼굴만 봐도
　왜 그런지 그냥 그 말을 따르게 돼요.
　당신을 위해 별의별 일을 다 해서
　이젠 해드릴 일도 거의 없는 것 같아요.
　(퇴장)

　(메피스토펠레스 등장)

메피스토펠레스

　유치한 계집! 꺼졌군요?

파우스트

　이런, 또 엿들었군!

메피스토펠레스

　아주 잘 새겨들었지요.
　박사님과 둘이서 교리문답을 하시더군요.
　효과가 있으셨기를 바랄게요.
　처녀들은 누구나 사내가 옛 풍습대로
　믿음이 깊고 소박한지 알고 싶어 하지요.
　그걸 보고 자기들 말도 따를 걸로 생각하죠.

파우스트

　이 괴물 같은 놈아, 네 녀석은 알 턱이 없지,
　참한 그 처녀가 얼마나
　자신의 믿음을 유일한 구원으로
　삼아가며 혹시라도 사랑하는

사람이 행여 길을 잘못 들까
　　노심초사하는지 말이야.

메피스토펠레스

　　참으로 초감각적이며 감각적인 구애자로군요,
　　어린 계집애가 당신을 가지고 놉니다.

파우스트

　　이런 똥과 불에서 태어난 괴물아!

메피스토펠레스

　　그놈의 계집애가 관상은 한번 잘 보더군요.
　　내가 있으면 이상하게 기분이 안 좋다고,
　　거참, 내 상판이 속에 든 생각을 보여주나.
　　내가 분명 천재라는 걸 그 계집애는
　　알고 있어요, 아니면 혹시 악마라는 걸.
　　그건 그렇고 오늘밤은 어쩔 셈이죠?

파우스트

　　그게 너랑 무슨 상관이야?

메피스토펠레스

　　저도 그게 기쁘거든요!

우물가에서

(물동이를 든
그레트헨과 리스헨.)

리스헨
　혹시 너 베르벨헨 소식 못 들었니?
그레트헨
　전혀 못 들었는데. 난 사람들을 안 만나잖아.
리스헨
　지빌레가 오늘 말해 주었는데, 그게 사실이래.
　결국 속아 넘어가고 말았다는 거야.
　온갖 고상한 티는 다 내고 다니더니 말이야!
그레트헨
　대체 무슨 일인데?
리스헨
　정말 창피해서!
　이제 먹고 마시는 게 두 사람 몫이 되었대.

그레트헨

　어머나!

리스헨

　결국 올 게 온 거야.
　그렇게 오래 녀석만 졸졸 따라다니더니만!
　마을이나 무도장 할 것 없이
　이곳저곳으로 쏘다니며
　어디를 가든 제일 먼저 나서서
　파이와 포도주를 들고 구애를 했지.
　이 계집애가 자기가 예쁘다고 생각했던 거야,
　얼굴 한 번 붉히지도 않고
　녀석이 주는 선물을 덥석덥석 받았더군.
　빨고 핥고 비벼대더니,
　결국엔 꽃송이가 떨어진 거야!

그레트헨

　불쌍한 것!

리스헨

　불쌍할 것도 없어!
　우리가 물레 앞에 앉아서
　어머니 때문에 밤에 외출할 꿈도 못 꿀 때,
　그 애는 문 밖의 벤치나 어둔 골목에서
　애인과 붙어서 꿀맛을 보았던 거야,
　둘 다 시간 가는 줄도 모르고서.
　이젠 머리도 못 든 채
　참회의 옷차림으로 교회에 가 속죄나 해야지!

그레트헨

　그래도 그 남자가 아내로 맞아주겠지.

리스헨

　그런 바보가 어디 있어! 그 날랜 녀석은
　어디 가나 마음껏 숨을 쉬거든.
　벌써 줄행랑을 쳤다는 거야.

그레트헨

　아니, 그럴 수가!

리스헨

　그 남자와 결혼을 한다고 문제가 다 해결되는 건 아니야.
　사내애들은 그 애에게서 화환을 빼앗을 거고,
　우리는 그 애 문지방에 여물을 뿌릴 거야.[79]

　(퇴장)

그레트헨 　(집으로 돌아가면서)

　불쌍한 처녀가 혹시라도 잘못을 저지르면
　나도 지금까지는 갖은 욕을 다 했었어!
　남의 잘못을 보면 별의별
　욕을 다 써가면서 욕을 해댔었어!
　남들이 검게 보이면 그 검은 데다 대고서
　더 검게 칠했지. 그래도 성이 안 찼어.
　스스로를 대단하게 여기며 으스댔지,
　이제 내가 죄와 직접 대면하게 됐어!
　그래도, 하느님! 저를 이렇게 만든 모든 것이
　저는 너무나 좋았고! 너무나 사랑스러웠어요!

읍성의 안쪽 골목길

(성벽의 벽감에 예수의 수난을 애통해하는 성모상이 있고, 앞쪽에 꽃병이 놓여 있다.)

그레트헨 (새 꽃을 꽃병에 꽂으며)
　　　고통에 겨운 성모님이시여,
　　　아, 당신의 얼굴로 자비로이
　　　이 고통을 굽어살펴 주소서!

　　　가슴에 꽂힌 칼 때문에
　　　수천의 고통을 겪으면서
　　　아들의 죽음을 지켜보시는군요.

　　　하늘에 계신 아버지를 올려다보며
　　　그분의 고통과 당신의 고통에
　　　한숨을 올려 보내는군요.

누가 알까요?
이 뼛속을 들쑤시는
이 고통을?
이 가엾은 가슴 왜 두려워하는지,
이 가슴 왜 떠는지, 뭘 원하는지,
아는 건 오직 당신, 당신뿐이죠!

어디로 발걸음을 돌려도
아, 아파요, 아파요, 아파요,
여기 이 가슴이 말이에요!
저 혼자가 되기만 하면
저는 울어요, 울어요, 울어요,
이 가슴은 터질 것만 같아요.

제 창문 앞에 놓인 화분을
눈물로 적시면서, 아!
오늘 아침 일찍 저는
이 꽃들을 꺾었답니다.

이른 아침 태양이
제 방을 환히 비출 때
저는 상심에 사로잡혀
벌써 침대에 앉아 있었어요.

제발! 치욕과 죽음에서 구해 주소서!
고통에 겨운 성모님이시여,

아, 당신의 얼굴로 자비로이
이 고통을 굽어살펴 주소서!

밤

(그레트헨 집 대문 앞 거리)

발렌틴 (군인, 그레트헨의 오빠)
   술자리에 앉아 있노라면
   누구나 제 자랑을 늘어놓지,
   녀석들은 제가 아는 처녀들을
   떠들썩하게 찬양하면서
   술에 취해 끝을 모르는 거야,
   그럴 때면 나는 턱을 괴고
   아주 느긋하게 앉아서
   녀석들의 허풍에 귀를 빌려주고
   턱수염을 쓰다듬으며 씩 웃고서
   가득 찬 술잔을 손에 들고
   말했지, 다 제 눈에 안경이야!
   그래도 말이다, 온 나라를 뒤져도
   나의 사랑스러운 여동생의

발꿈치라도 따라올 만한 처녀가 있냐?
맞아! 맞아! 하며 술이 한 배 돌고,
그중 몇은 외쳤어, 이 친구 말이 맞아,
그 아이는 온 여성의 자랑거리야!
그때 애인 자랑하던 녀석들은 입을 다물었어.
그런데 이 꼴이 뭐야! 머리카락을 쥐어뜯고
머리가 터지도록 벽에다 들이박고 싶어!
어딜 가나 녀석들이 빈정대며 콧방귀를 뀌며
나의 명예에 똥칠을 하고 있잖아!
그래도 무능력한 빚쟁이 신세가 되어
무슨 말이 나와도 진땀을 흘려야 하니!
마음 같아서는 녀석들을 두들겨 패고 싶지만
녀석들 말이 틀리다고 할 수도 없으니.

저게 누구야? 저기 살금살금 다가오는 녀석들!
그래, 틀림없어, 바로 그 두 자식이야.
그 녀석이라면 놈을 가죽 채로 붙잡아
이 자리에서 살려서 보내지 않겠어.

(파우스트, 메피스토펠레스 등장)
파우스트

저기 성당 성구 보관실 창문에는
성체 등불이 환하게 빛나지만
옆쪽으로는 불빛이 흐릿해지다가
사방엔 깜깜한 암흑만이 흐르는데,
내 가슴속 역시 저같이 암흑이다.

메피스토펠레스

　내 꼴은 꼭 소방용 사다리 곁을 지나
　담벼락을 따라 살금살금 기어가는
　몸이 바싹 달아오른 고양이 같습니다,
　이거야말로 덕을 베푸는 게 아닐까요,
　약간의 도둑질에 약간의 색정을 발휘해서.
　온몸 사지 구석구석에 벌써 화려한
　발푸르기스 밤의 기운이 느껴지네요.
　내일모레면 바로 그 밤이네요,
　왜 사람들이 밤을 새는지 보면 알게 돼요.

파우스트

　그런데 저기 보물이 드러난 걸까?
　저기 번쩍이는 게 보이잖아?

메피스토펠레스

　당신은 곧 보물 상자를 캐내는
　기쁨을 누리게 될 겁니다.
　얼마 전에 슬쩍 안을 들여다봤더니
　멋진 사자 문양 금화가 들어 있더군요.

파우스트

　장신구는 없던가? 반지 같은 건?
　내 애인에게 주게 말이야.

메피스토펠레스

　무슨 물건 하나를 보기는 했지요,
　진주를 꿴 끈 같은 거 말이오.

파우스트

　그거 참 잘됐군! 빈손으로

찾아가려니 마음이 안 좋았거든.
메피스토펠레스
　　그래도 공짜로 즐기는 걸
　　그렇게 싫어할 필요는 없죠.
　　하늘에 별이 총총 밝기도 하니
　　멋진 노래를 하나 불러주지요.
　　도덕적인 내용의 노래요,
　　계집애 마음을 확실히 잡게요.
　　(치터를 뜯으며 노래한다.)
　　　사랑스런 카타리나야,
　　　이 이른 새벽에
　　　왜 애인의 문 앞에서
　　　서성이느뇨?
　　　안 돼, 그러면 안 돼!
　　　놈은 너를 집 안에
　　　처녀로 불러들이겠지만
　　　처녀로 보내진 않을 거야.

　　　정신 차려라, 정신 차려!
　　　일단 일이 끝나고 나면
　　　그 길로 안녕이야,
　　　이 불쌍하고 딱한 것아!
　　　한 남자를 사랑하더라도
　　　절대로, 절대로
　　　도둑에겐 몸을 허하지 마라,
　　　녀석이 반지를 끼워주기 전엔.

발렌틴 (앞으로 나온다.)

이런 개자식! 여기서 누굴 꾀려고?

이런 빌어먹을 쥐 잡이 녀석![80]

네놈의 깽깽이부터 박살 내주마!

이어 노래 부른 놈 차례다!

메피스토펠레스

치터가 박살이 났네! 끝장이야.

발렌틴

이번엔 골통을 박살 내주마!

메피스토펠레스 (파우스트에게)

박사님, 피하지 마세요! 힘을 내요!

내 곁에 바짝 붙어서 시키는 대로 해요.

어서 먼지떨이[81]를 뽑아 들어요!

당신은 찔러요, 방어는 내가 할 테니까.

발렌틴

이걸 막아보시지!

메피스토펠레스

여부가 있나!

발렌틴

이것도 막아보시지!

메피스토펠레스

얼마든지!

발렌틴

이건 꼭 악마와 싸우는 것 같아!

왜 이러지? 벌써 손이 저려오네.

메피스토펠레스 (파우스트에게)

　어서 찔러요!

발렌틴 (쓰러진다.)

　윽, 당했어!

메피스토펠레스

　버릇없는 녀석이 드디어 얌전해졌어!

　어서 서둘러요! 이곳을 빨리 떠야 해요.

　벌써 살인이야, 고함 소리가 들리잖아요.

　경찰을 상대하는 거야 누워서 떡 먹기지만,

　사형에 처해질 범죄야 나도 어쩌지 못해요..

마르테 (창가에서)

　어서들 나와요! 나와 보라고!

그레트헨 (창가에서)

　어서 등불을 가져와요!

마르테 (창가에서)

　웬 사람들이 욕하고 드잡이를 하며 소리치며 싸웠어요.

사람들

　웬 사람이 저기 죽어 있다!

마르테 (밖으로 걸어 나오며)

　살인범들은 도망쳤나요?

그레트헨 (밖으로 걸어 나오며)

　여기 쓰러져 있는 사람이 누구죠?

사람들

　네 어머니의 아들이지.

그레트헨

　전지전능한 하느님이시여! 대체 이게 무슨 일인가요!

발렌틴

언젠가 죽을 거라 말이야 했지만
죽음이 이리 빨리 올 줄이야.
당신들 아낙네들은 왜 울부짖는 거요?
어서 이리 와 내 말 좀 들어봐요!
(모두들 그의 주위에 몰려든다.)
그레트헨, 봐라, 너는 아직 어려
세상물정이 무언지 잘 몰라.
너는 행동을 잘못하고 있어.
내 너한테만 하는 말이지만,
너는 이제 창녀에 지나지 않아,
창녀로 나서는 게 좋을 거다.

그레트헨

오빠! 하느님! 나한테 무슨 그런 말을!

발렌틴

그딴 말에서 하느님이란 말은 빼라.
한번 엎질러진 물은 담을 수 없는 거야.
앞으로 네가 갈 길은 다 빤하다.
처음에야 한 놈하고 은밀히 했겠지만,
앞으로 여러 놈을 상대하게 될 거다.
열두 놈 정도가 네 몸을 갖게 되면
이후 온 마을 사람의 노리개가 될 거다.

그러다 치욕의 씨를 낳게 되면
남몰래 세상에 낳아놓을 거다.
치욕의 머리와 귀에다 아마

밤의 베일을 씌워놓을 거야.
　아니, 아예 죽여버리고 싶겠지.
　그러나 그 씨앗은 자라나 으스대며
　훤한 대낮에도 대놓고 돌아다닐 거야.
　그럴수록 꼴불견이 되는 거다,
　자꾸만 훤한 대낮에 돌아다니면
　그만큼 꼴이 더 추잡해지는 거야.

　읍내의 점잖은 사람들이 모두
　마치 전염병에 걸려 죽은 시체 보듯
　창녀인 네 곁을 멀찌감치 피해 가는
　모습이 내 눈에 벌써 훤히 보인다.
　그 사람들이 네 눈을 빤히 쳐다볼 때
　차라리 네 심장이 멎어버렸으면 좋겠다.
　금목걸이도 이젠 하지 못할 거야!
　교회에 가면 제단 앞에도 못 설 거고![82]
　예쁜 레이스 깃이 달린 옷을 차려입고
　무도회에 가서 즐겁게 춤도 못 춘다!
　그저 거지나 병신들이 있는 어둔
　움막 같은 곳에 몸을 숨겨야 할 거다.
　설령 하느님이 너를 용서해 주셔도
　넌 이 세상에서 영원히 저주받은 몸이다!

마르테
　당신 영혼이나 하느님의 자비에 맡겨요!
　아니 모독죄까지 얹을 셈이세요?

발렌틴

　이 더러운 뚜쟁이 여편네야,

　이 손이 네 깡마른 몸뚱이에 닿기만 하면!

　내가 지은 모든 죄를 나의 선행으로

　모두 다 용서받을 수 있을 텐데.

그레트헨

　오빠! 이 고통 지옥 같아요!

발렌틴

　질질 짜지 좀 마!

　네가 명예를 버린 순간

　나는 가슴에 칼을 맞은 거다.

　나는 죽어 잠들어 하느님께

　간다, 정직한 군인의 모습으로.

　(죽는다.)

성당

성의(盛儀) 미사, 오르간과 노랫소리

(운집한 사람들 틈의 그레트헨, 그레트헨 뒤에는 악령이 서 있다.)

악령

그레트헨, 정말 많이도 변했다,
전에는 순진무구한 모습으로
여기 제단 앞으로 걸어왔었지,
귀가 접힌 기도서를 보며
기도를 흥얼대면서,
반은 어린애 장난이었고,
반은 진정 하느님을 생각했지.
그레트헨!
네 마음은 어디 간 거지?
네 가슴엔
대체 무슨 죄악이 있는 거냐?
혹시 네 손으로 기나긴 고통의 영면[83]에
이르게 한 네 어머니를 위해 기도하느냐?

네 문지방의 피는 누구의 것이냐?
그리고 네 심장 아래쪽에서는
벌써 뭔가 슬슬 자라고 있지 않느냐,
앞으로 어찌 될지 몰라
스스로 불안해하며, 너를 불안케 하며?

그레트헨

아아! 아아!
이 생각에서 벗어나고 싶어,
내 마음속 곳곳을 휘저으며
온갖 비난을 내게 퍼부어 대니!

합창

> 하느님이 진노하는 날,
> 세상은 재로 변하리라.

(오르간 소리)

악령

진노가 너를 움켜쥐리라!
나팔 소리 울리리라!
무덤들이 진동하리라!
그리고 네 심장은
재의 평온함 속에 묻혀 있다가
불길의 고통 속으로
다시 들어 올려져
돌연 바르르 떨리라!

그레트헨

여기서 나갔으면 좋겠어!
오르간 소리가

내 숨을 멎게 하고,
노랫소리는 내 심장의
바닥을 긁어대는 것 같아.

합창

재판관이 법정의 자리에 앉으면,
숨겨져 있던 것들 모두 밝혀지고,
벌을 모면하는 것 하나 없으리라.

그레트헨

아, 가슴이 너무 답답해!
기둥들이
나를 에워싸고!
천장은
나를 짓눌러! 공기 좀 줘!

악령

네 아무리 숨어도! 죄와 치욕은
숨길 수가 없다.
공기? 빛을 달라고?
딱하구나!

합창

불쌍한 이 몸, 그때 가서 뭐라 말할까?
누구에게 나를 감싸 달라고 말할까?
올바른 사람도 안전하지 않은 마당에.

악령

거룩해진 이들은
네게서 얼굴을 돌리리라.
네게 손을 내미는 것조차

순결한 이들은 꺼리리라.

　　　서글프다!

합창

　　　불쌍한 이 몸, 그때 가서 뭐라 말할까?

그레트헨

　　　여보세요! 향수병[84] 좀 빌려주세요!

　　(기절한다.)

발푸르기스의 밤[85]

하르츠 산맥
시르케와 엘렌트 근방

(파우스트, 메피스토펠레스)

메피스토펠레스
  혹시 대빗자루 같은 거 필요하세요?
  나야 튼튼한 염소가 있으면 좋겠는데.
  이 길로 가면 한참을 가야 해요.

파우스트
  이 두 다리가 아직 팔팔하니
  이 옹이 지팡이만 있으면 그만이야.
  뭣하러 빠른 길을 택하나!
  구불구불한 계곡 사이로 느릿느릿 가며
  때로는 바위벼랑을 오르기도 하고
  콸콸 쏟아지는 샘물을 바라보기도 하는 것,
  이게 다 이런 골짜기를 걷는 재미 아닌가!
  봄은 벌써 자작나무에 기운을 주고
  전나무도 어느새 봄을 느끼는데,

우리 몸에도 봄기운이 안 느껴지는가?

메피스토펠레스

난 그런 걸 전혀 못 느끼겠네요!
내 몸속은 아직 겨울이네요.
그냥 눈과 서리가 내린 길을 걷고 싶군요.
저 이지러진 붉은 달이 뿌리는
흐린 빛이 정말 처량하네요,
달빛이 너무 흐려서 걷다가
나무나 바위에 부딪칠 것 같군요!
괜찮다면 도깨비불을 하나 부를게요.
저기 하나 있네요, 활활 타고 있군요.
이보게! 친구! 부탁 하나 들어줄 텐가?
뭣하러 그렇게 헛되이 타고 있나?
저기로 올라가는 길을 좀 밝혀주지 않겠나.

도깨비불

송구스럽지만 타고난 제 가벼운 천성을
어떻게든 억제할 수 있으면 좋겠습니다.
원래 갈지자로 걷는 게 몸에 배어서요.

메피스토펠레스

아니, 이 자식이! 사람 흉내를 내려고?
그냥 똑바로 가고, 악마의 이름으로!
깜박이는 네 목숨을 훅 불어 꺼버리기 전에.

도깨비불

나리가 문중의 어른인 건 잘 압니다.
물론 기꺼이 시키는 대로 하겠습니다.
하지만 오늘은 온 산이 마법으로 날뛰고 있어요.

도깨비불한테 길 안내를 시켜놓고서
너무 그렇게 쫀쫀하게 따지면 안 되죠.

파우스트, 메피스토펠레스, 도깨비불 (돌아가며 노래한다.)

우리 꿈과 마법의 세계로
드디어 들어선 것 같구나.
길 안내로 명성을 얻어라!
어서 앞으로 걷고 또 걸어
드넓은 황야에 닿고 싶구나.

눈에 보이는 나무들 또 나무들,
우리들 뒤로 스쳐 지나가네.
절벽들은 허리를 구부리고,
바위들의 긴 코들은, 거참,
코를 골고 바람을 내뿜는다.

바위틈 사이로, 풀밭 사이로
냇물과 도랑물은 흘러내리네.
물소리인가? 노랫소리인가?
애달픈 사랑의 노래인가?
낙원 같던 날들의 음성인가?
우리가 바라고 사랑하던 것!
메아리 되어 옛 전설처럼
다시 울려 퍼지네.

부엉! 와웅! 더 가까워지는 소리,
올빼미, 푸른도요, 어치의 울음소리,

이놈들은 다 안 자고 있었던가?
덤불 사이의 저놈은 도롱뇽인가?
저 긴 다리, 저 불룩한 배 좀 봐!
그리고 나무뿌리들은 뱀처럼
바위와 모래에서 꿈틀대며 나와
올가미 같은 갈퀴를 뻗어
깜짝 놀란 우리를 잡으려 하네.
살아 있는 그루터기에서 문어 다리
같은 팔이 뻗쳐 나와 나그네의
등짝을 더듬네. 그리고 쥐들은
형형색색으로 떼를 지어
이끼와 덤불을 누비고 다니네!
그리고 반딧불이도 줄을 이어
떼거지로 날아가며
혼란스레 길잡이가 되려 하네.

우리는 나아가고 있는 걸까?
그 자리에 그냥 서 있는 듯해.
모든 게 빙빙 도는 것만 같다,
인상을 찌푸린 바위와 나무들,
그리고 점점 수가 늘어가면서
불어만 가는 도깨비들까지도.

메피스토펠레스

　　내 옷자락을 꽉 잡아요!
　　이곳은 중간 산봉우리쯤 돼요,

황금[86]의 산이 빛나는 모습이
정말로 장관이지요.

파우스트

새벽녘의 희미한 붉은빛이
골짜기에서 야릇하게 빛난다!
골짜기의 깊은 입구 쪽까지
빛은 냄새를 맡아 파고든다.
저편엔 증기가, 안개가 솟고,
이편엔 증기 사이로 금빛이 번져
부드러운 실처럼 기어 다니다가
샘물처럼 갑자기 솟아오른다.
이편에선 금빛이 수백의 금맥들과
뒤엉켜 한동안 골짜기를 누비다가
좁은 구석에 이르러 제각각이 된다.
가까운 곳에서 불꽃들이 튀니
마치 금모래가 흩날리는 것 같다.
저길 보라! 꼭대기에까지
암벽에 불이 붙었구나.

메피스토펠레스

오늘의 이 축제를 위하여
황금의 신이 궁전을 환히 밝히신 거죠.
그걸 봤으니 정말 운이 좋군요.
드센 손님들이 몰려오나 봅니다.

파우스트

회오리바람이 허공을 미친 듯 달린다!
내 목덜미를 엄청나게 내리갈긴다!

메피스토펠레스

바위의 늙은 갈빗대를 꽉 붙잡아요.
심연의 무덤으로 곤두박질치기 전에.
안개 때문에 밤이 더 짙어지는군요.
숲을 울리는 저 우지끈 소리 좀 봐요!
부엉이들이 깜짝 놀라 날아가는군요.
영원히 푸른 궁전의 기둥들이
산산조각 나는군요.
나뭇가지들은 신음하며 부러지고,
나무둥치들은 쿵 하고 쓰러지네요!
뿌리들은 우지끈하며 입을 헤벌려 놓고.
모두 끔찍하게 뒤엉켜 넘어지면서
엎치고 덮치며 우지끈 소리를 내네요.
잔해들 더미가 쌓인 골짜기를 누비며
바람이 세차게 윙윙대며 지나가는군요.
허공에서 나는 저 소리가 들리나요?
멀리서, 가까이서 들려오는군요.
쿵쿵 울려대는 마법의 노랫소리가
온 산을 휩쓸고 있습니다.

마녀들 (합창한다.)

마녀들이 브로켄 산으로 몰려가네.
그루터기는 누런빛, 싹은 푸른빛.
마녀들이 정말 엄청나게 몰려드네,
우리안[87] 나리가 상석에 앉아 있네.
바위를 넘고 나뭇등걸 넘어서 가네.
마녀는 방귀를, 염소는 냄새를 풍기네.

목소리
　바우보[88] 할머니는 혼자 오네,
　어미 돼지를 타고서 오네.
합창
　　　이런 분이야말로 존경해야지!
　　　바우보 부인에게 길을 비켜라!
　　　튼튼한 돼지, 부인을 태웠네.
　　　온 마녀의 무리 그 뒤를 따르네.
목소리
　댁은 어느 길로 왔소?
목소리
　일젠슈타인[89]을 지나서 왔다오.
　오다가 부엉이 둥지를 들여다보았는데,
　녀석 눈 한번 크더군.
목소리
　이런 빌어먹을 것!
　뭣 땜에 그렇게 빨리 달리는 거야!
목소리
　저년 때문에 내 가죽이 벗겨졌잖아.
　여기 이 상처 좀 보라고!
마녀들　(합창)
　　　길은 넓고 또 멀기도 한데,
　　　뭣 땜에 이리 밀치고 난리람?
　　　쇠스랑은 찌르고 빗자루는 할퀴네.
　　　태아는 질식하고 어미는 배가 터지네.

남자 마법사들 (절반만 합창한다.)

　　우리는 집을 멘 달팽이처럼 기어가는데
　　여편네들은 우리보다 훨씬 앞서 간다네.
　　악의 집을 찾아가는 데야
　　여자가 천 걸음은 앞서지.

나머지 절반

　　우리는 쫀쫀하게 그런 거 안 따진다.
　　여자들이 천 걸음 앞섰다고 치자.
　　여자들이 아무리 종종걸음을 쳐도
　　남자야 단 한 번만 펄쩍 뛰면 되지.[90]

목소리 (위쪽에서)

　호수에서 나와 함께 가요, 우리와 함께 가요!

목소리 (아래쪽에서)

　우리도 함께 올라가고야 싶죠.
　우린 몸을 씻어서 윤이 날 지경이지만
　아이를 영원히 가질 수 없어요.

양편의 합창[91]

　　바람은 고요하고, 별은 도망치네.
　　처연한 달도 몸을 숨기려 하네.
　　마법의 합창이 요란하게 울리니
　　수천의 불꽃이 튀어 오르네.

목소리 (아래쪽에서)

　잠깐! 잠깐만!

목소리 (위쪽에서)

　바위틈에서 누가 부르는 거지?

목소리 (아래쪽에서)

나도 데려가 줘요, 나도 데려가 줘요!
산에 오르려 한 지 삼백 년이 됐지만
한 번도 산 정상에 오르지 못했어요.
나도 당신들과 함께하고 싶어요.

양편의 합창

빗자루를 타든, 지팡이를 타든,
쇠스랑을 타든, 숫염소를 타든,
오늘밤에 몸을 못 일으키면
영원히 끝장난 거라네.

반쪽 마녀 (아래쪽에서)

그토록 오래 종종걸음으로 따라왔지만
남들은 벌써 까마득히 앞서 있어요.
집에 있어도 마음이 편치 않고
따라가고 싶어도 못 따라가요.

마녀들의 합창

고약[92]은 마녀에게 힘을 준다네,
넝마 하나면 훌륭한 돛이 되고,
통 하나면 훌륭한 배가 되거늘,
오늘 안 날면 영원히 날지 못하리.

양편의 합창

우리가 봉우리 주위를 맴돌 때
너희는 땅바닥이나 기어가라.
그리하여 이 드넓은 벌판을 그저
너희 마녀 떼로 덮어라.

(그들은 내려앉는다.)

메피스토펠레스

  밀치고 떠밀고 시끌벅적 요란하네!
  씩씩대고 우글대고 당기고 떠드네!
  번쩍이며 불꽃 튀고 냄새를 풍기고 불타네!
  정말 마녀들이 갖출 건 다 갖추었군!
  바짝 붙어요! 우리가 서로 떨어지기 전에.
  어디 있어요?

파우스트 (멀리서)

  여기 있네!

메피스토펠레스

  아니! 언제 거기까지 밀려났어요?
  내 권한을 행사하는 수밖에 없겠군.
  비켜라! 폴란트 님[93] 납신다. 비켜라! 잡것들아, 비켜!
  여기요, 박사, 날 잡아요! 자, 어서 한걸음에
  이 녀석들한테서 벗어나요.
  이곳은 나 같은 놈이 보기에도 너무 심해요.
  아니, 저기 뭐가 신기하게 빛나는 게 있네요.
  저쪽 덤불 쪽으로 한번 가보고 싶군요.
  어서, 서둘러요! 저 덤불 속으로 들어가요.

파우스트

  모순의 정신이여! 네 원하는 대로 나를 이끌라.
  이거 참 잘한 일 같군,
  이렇게 발푸르기스의 밤에 브로켄 산에 올라
  이곳에 이렇게 동떨어져 있으니 말이야.

메피스토펠레스

  저기 찬란한 불꽃 좀 봐요!

아주 잘 노는 녀석들이 모였군요.
두셋이 함께 있으면 외롭지 않아요.

파우스트

나는 그냥 저 위쪽이 더 좋을 것 같아!
벌써 불꽃과 꾸역꾸역 연기가 보이는군.
저기 사탄을 향해 무리들이 몰려간다.
저곳에 가면 수수께끼가 풀릴 것 같아.

메피스토펠레스

그러다가 수수께끼가 덤으로 붙기도 해요.
저것들이야 저렇게 시끌벅적하게 놔두고
우리는 이곳에서 조용히 자리나 잡지요.
큰 세계 속에서 작은 세계를 만드는 거야
전해 내려오는 관습상 당연한 거겠지요.
젊은 마녀들은 실오라기 하나 안 걸치고
늙은 마녀들은 적당히 잘 가리고 있군요.
그저 저를 봐서라도 제 말을 따라주세요,
조금만 수고하면 큰 기쁨을 맛볼 테니까요.
악기 연주 소리 같은 게 들리는군요!
소리만 요란하군! 여기에 다 적응해야죠.
자, 가요! 가자고! 뾰족한 수가 없어요.
내가 앞장서서 인도해 드리죠.
그리고 새 인연을 맺어줄게요.
이곳은 작은 동네가 아니오, 알겠소, 친구?
앞을 좀 보세요! 끝이 안 보이죠.
수백의 모닥불이 줄을 이루어 타고 있고,
사람들은 춤추고 말하고 요리하고 마시고 사랑을 하지요.

이보다 더 좋은 곳이 있다면 어디 말해 봐요.

파우스트

자, 본마당에 들어가기 위해 자네는 말이야,
마법사 행세를 할 텐가, 아니면 악마 노릇을 할 텐가?

메피스토펠레스

사실 나야 신분을 감추고 다니는 게 더 편하죠.
그래도 이런 축제의 날엔 훈장을 보여줘야죠.
내가 무공훈장 때문에 돋보이는 건 아니지만
그래도 이 말발굽은 이곳에선 아주 유명하죠.
저기 달팽이가 보이죠? 기어 오고 있는 저놈요.
제 더듬이로 내게서
뭔가 냄새를 맡았나 봐요.
아무리 해도 여기선 내 정체를 숨길 수가 없어요.
자, 어서요! 모닥불마다 한번 돌아보죠.
당신은 여자를 구하러 온 거고 나는 뚜쟁이죠.
(꺼져가는 잉걸불 가에 앉아 있는 사람들을 향해)
노인장들, 뭣하러 이런 구석에 앉아 있는 거요?
늙은이라면 차라리 흥청망청 놀고 있는
젊은이들 한가운데 있는 게 나을 텐데요.
집에서도 늘 혼자 있을 테니.

장군

백성들을 어떻게 믿는단 말이오!
아무리 잘해 주어봤자 소용없소.
백성들이나 여자들이나 할 것 없이
좋아하는 게 늘 젊음뿐이니.

대신
  요즘 인간들이 워낙 길이 잘못 들어서.
  옛날이 정말 좋았지요.
  말하자면 우리가 다스리던 그 시절이
  정말로 황금시대였던 거죠.
졸부
  그땐 우린 약삭빨랐지요.
  해서는 안 될 짓도 많이 했고요.
  이젠 세상이 완전히 바뀌고 있어요.
  우리가 가진 걸 확고히 하고 싶었는데.
작가
  요즘 같은 세상에 그렇고 그런
  글을 누가 읽겠소?
  그리고 요즘 젊은 놈들처럼
  버르장머리 없는 것들도 없어요.
메피스토펠레스 (갑자기 늙은 모습으로)
  사람들이 최후의 심판을 당할 날이 멀지 않은 것 같군요.
  마녀의 산 등정이 이번이 마지막이 될지도 몰라요.
  내 술통의 술이 탁한 것을 보니
  이 세상도 이미 기운 것 같군요.
만물상 마녀
  여보세요, 그냥 지나치지 마세요!
  이런 기회를 놓치면 안 돼요!
  여기 이 물건들을 한번 잘 보세요.
  정말 없는 게 없어요.
  하지만 우리 가게에 있는 물건들은

이 세상의 어느 것과도 비할 수 없이
　　인간들과 세상에 크나큰 해를
　　끼치지 않은 것은 하나도 없지요.
　　여기서 피 맛을 보지 않은 단도는 없어요,
　　건강한 신체를 먹어치우는 뜨거운 독을
　　뿌리지 않은 잔도 여기엔 없지요.
　　아름다운 여인을 꾀여내지 않은 보석도
　　없고, 맹약을 깨고서 등 뒤에서
　　상대를 찌르지 않은 칼도 없지요.

메피스토펠레스

　　아줌마! 정말 세상 물정을 모르는군요.
　　이미 한물 간 것들을 내다 파는군요.
　　좀 새 물건들을 내놓아 봐요!
　　새롭지 않은 건 주목을 못 받아요.

파우스트

　　정신 바짝 차려야지!
　　대체 무슨 대목장이 이런 게 다 있어!

메피스토펠레스

　　무리들은 소용돌이치며 위로 올라가려 하네요,
　　자기가 민다고 생각하겠지만 떠밀리고 있는 거죠.

파우스트

　　저 여자는 누군가?

메피스토펠레스

　　그 여자를 잘 살펴봐요!
　　릴리트[94]군요.

파우스트

　누군데?

메피스토펠레스

　아담의 첫 부인이오.

　그녀의 아름다운 머리칼에 유혹당하면 안 돼요.

　그녀가 뻐기는 유일한 자랑거리지요.

　저 머리카락에 한번 걸려들면

　젊은 남자도 절대 빠져나가지 못해요.

파우스트

　저기 젊고 늙은 두 여자가 앉아 있네.

　어지간히 혼들어댄 것 같군!

메피스토펠레스

　오늘 밤엔 휴식은 없어요.

　새 춤판이 벌어지네요. 자, 우리도 함께 추어야죠.

파우스트　(젊은 마녀와 춤을 추며)

　　언젠가 꿈을 꾸었지요.

　　사과나무를 보았어요.

　　예쁜 사과가 둘 반짝였어요.

　　나는 끌려 나무에 올라갔어요.

젊고 아름다운 마녀

　　사과야 늘 바라던 거겠죠.

　　에덴 때부터 그래 왔으니까.

　　나도 정말 흥분되어요,

　　내 정원에도 사과가 있거든요.

메피스토펠레스　(늙은 마녀와 춤을 추며)

　　언젠가 야한 꿈을 꾸었어요.

쪽 갈라진 나무를 보았지요.
[아주 큰 구멍]이 나 있었죠.
[컸지만] 난 그게 좋았어요.

늙은 마녀

말발굽의 기사님이시여,
제 인사를 받아주세요!
[딱 맞는 마개]를 준비해요,
[큰 구멍]도 괜찮다면요.

엉덩이 심령술사[95]

이런 빌어먹을 것들! 이게 무슨 짓거리야?
벌써 한참 전에 내가 다 알려주었잖아,
유령들은 절대로 정상적으로 걸을 수 없다고!
그런데 이것들이 우리 인간처럼 춤을 추다니!

젊고 아름다운 마녀 (춤을 추면서)

저 인간 우리 무도회에 와서 무슨 짓을 하는 거죠?

파우스트 (춤을 추면서)

저걸 그냥! 저 자식은 안 나타나는 데가 없어!
남들 춤추는 걸 보면 뭐라고 꼭 한마디 하지.
스텝을 두고 저 자식이 뭐라 트집을 안 잡으면
그건 스텝 축에도 못 끼는 거야.
녀석이 가장 싫어하는 건 우리가 앞으로 나아가는 거야.
녀석의 낡은 방아가 그렇듯이
그냥 제자리만 뱅뱅 돌고 있어야
녀석은 그걸 두고 잘했다고 하거든.
뭐라고 평을 부탁하면 아주 좋아해.

엉덩이 심령술사

　이것들이 아직도 여기 있어! 이런 뻔뻔스러운 것들!
　어서 꺼져! 이게 바로 계몽이란 말이다!
　이런 망할 놈의 악마들의 눈엔 법칙도 안 뵈는군.
　사람들이 똑똑해졌는데도 테겔에 유령이 횡행하네.
　유령들을 쓸어내려고 내가 그간 얼마나 힘썼는데.
　아직도 그냥 그대로야, 이런 뻔뻔스러운 것들!

젊고 아름다운 마녀

　우리 좀 그냥 내버려 둬요!

엉덩이 심령술사

　네놈의 유령들한테 분명히 밝히겠다,
　너희들의 그런 전횡을 좌시할 수 없어.
　나는 유령이 날뛰는 걸 놔둘 수 없어.
　(춤이 그대로 계속된다.)
　오늘 따라 되는 일이 없군.
　그래도 여행기[96] 한 편은 쓸 수 있게 됐어.
　내가 마지막 발걸음을 떼기 전에
　악마와 시인들을 몰아냈으면 좋겠어.

메피스토펠레스

　녀석 이제 어디 웅덩이에 가서 주저앉겠지.
　그게 녀석 나름의 치유법이거든.
　거머리들에게 엉덩이를 물어 뜯겨야
　유령과 귀신들로부터 치유된다는 거야.[97]
　(춤을 그만 추고 물러나온 파우스트에게)
　왜 저런 아름다운 처녀를 그냥 보내요?
　춤추며 당신한테 사랑스러운 노래도 불러주던걸요.

비극 제1부　237

파우스트

　거참! 저 여자가 노래를 부르는데
　아니, 입에서 붉은 쥐가 튀어나오잖아.

메피스토펠레스

　그래서요? 너무 그리 불쾌할 것 없어요.
　그나마 잿빛 쥐가 아니어서 다행이네요.
　왜 그런 것 때문에 재미를 버린다는 거죠?

파우스트

　그다음에 뭘 봤는지 아나?

메피스토펠레스

　뭔데요?

파우스트

　메피스토, 저기 보이지?
　예쁜 애가 저기 창백한 모습으로 혼자 서 있잖아.
　저렇게 천천히 움직이는 폼이 말이야
　꼭 양발이 묶인 것 같잖아.
　저 여자는 아무래도 말이야
　불쌍한 그레트헨 같은 생각이 들어.

메피스토펠레스

　그냥 둬요! 상대해 봤자 좋을 것 없어요.
　그냥 환영에 지나지 않아요, 생명도 없는 우상이오.
　저런 건 상대 안 하는 게 최곱니다.
　쏘아보는 저 눈길에 피가 굳을 수도 있어요.
　괜히 돌로 변하는 수도 있어요.
　메두사 이야기는 잘 아시죠?

파우스트

저 눈 좀 봐, 저 눈은 사랑의 손길도
받지 못한 채 감긴 눈이야.
저건 그레트헨이 내게 허락했던 가슴이고
저건 또 내가 탐닉했던 달콤한 육체야.

메피스토펠레스

정말 쉽게도 넘어가네요, 저건 마술이라니까요!
저 여자를 보면 다 자기 애인인 줄 안다니까요.

파우스트

아, 기쁘면서도 너무 고통스럽구나!
저 눈길에서 내 눈을 뗄 수가 없어.
저 모습 정말 특이해, 아름다운 목에
고작 한 줄의 붉은 끈 장식이라니,
칼등보다 넓지 않은 끈 장식이야![98]

메피스토펠레스

정말 그러네요! 내가 보기에도 그래요.
자기 목을 겨드랑이에 껴도 되겠어요.
페르세우스[99]가 저 여자의 목을 잘랐거든요.
참, 잘도 흘려 넘어가십니다!
자, 어서, 저기 작은 언덕 쪽으로 가보죠,
아주 즐거운 곳입니다, 프라터[100] 공원만큼이나.
누가 나를 속이는 게 아니라면
저편에 극장도 있군요.
무슨 공연을 하는 거죠?

안내원

금방 시작해요.

새 작품인데, 일곱 편 중 마지막 작품이죠.
작품도 아마추어 작가가 썼고
공연도 아마추어 배우들이 하죠.
죄송합니다만 저는 가봐야 해요,
가서 어서 막을 올려야 하거든요.

메피스토펠레스
자네 같은 사람들을 브로켄 산에서 보니
정말 좋군. 브로켄 산이야말로 안성맞춤이지.

발푸르기스 밤의 꿈
또는
오베론과 티타니아의 금혼식

막간극

무대감독

    우리도 오늘은 한번 쉬어보자고.
    미딩의 용감한 아들들아.[101]
    오래된 언덕과 축축한 골짜기,
    오늘의 무대는 이것이 전부요.

해설자

    금혼식은 말이오,
    결혼 후 오십 년이 지나야 해요.
    부부싸움이 지나간 것이
    내게는 더없는 황금이지요.

오베론[102]

    정령들아, 너희가 이곳에 있다면
    지금 어서들 나와 보아라.
    오베론과 티타니아가
    다시 인연을 맺는 날이다.

푸크[103]

푸크가 나타나 발을 감추듯
잽싸게 돌며 스텝을 밟으면,
수백의 정령들 그 뒤를 따라
그와 함께 즐거이 춤을 추지요.

아리엘[104]

아리엘은 천상의 순수한 목소리로
함께 노래를 부르지요.
그의 노래에 못생긴 여자들
예쁜 여자들 모두 끌리지요.

오베론

부부들아, 금슬 좋게 지내려면
우리 둘에게서 배워라!
둘이 서로 사랑하려면
일단 헤어지라 말해 줘라.

티타니아[105]

남편과 아내가 각각 토라져 있으면
두 사람을 어서 잽싸게 붙잡아
여자는 남극으로 보내고
남자는 북극으로 보내세요.

오케스트라 합주 (아주 세게)

파란 꼬리 파리와 푸른 파리,
이들 종족의 친척들,
나뭇잎 속 개구리와 풀숲의 귀뚜라미,
이런 족속들이 악사들이라네.

독창

  누가 오나, 저기 백파이프가 오네!
  저건 비눗방울이군요.
  저 납작한 코 사이로 울리는
  삐릭삐릭삐릭 소리를 들어라.
  이제 막 형성 중인 정령
  거미 다리와 두꺼비의 배,
  작은 날개가 달렸네, 저 꼬마!
  그런 짐승이야 세상에 없지만
  그런 시야 얼마든지 있다네.

한 쌍의 연인

  감로와 향기를 헤치며
  총총 걷고 높이 뛰어오르네.
  이렇게 걷는 것도 멋있지만
  날 수 있다면야 더 좋겠네.

호기심 많은 나그네

  이건 가장무도회의 장난인가?
  대체 내 눈을 믿어야 하나?
  아름다운 신 오베론을
  지금도 이렇게 볼 수 있다니!

정교 신자의 목소리

  발톱도 없고 꼬리도 없지만!
  그래도 의심할 것 하나 없네.
  그리스의 신들이 그렇듯
  저자 역시 악마가 틀림없네.

북방의 예술가

    여기 내가 끼적거린 거는

    스케치에 지나지 않아요.

    그래도 때를 봐서

    이탈리아 여행을 할 거요.

도덕주의자

    아! 살다 보니 별 해괴한 일이 다 있군,

    내가 이런 방탕한 무리와 섞이다니.

    이 하고많은 마녀들 중에서

    제대로 분칠을 한 건 둘뿐이로다.

젊은 마녀

    분칠을 하고 옷단장을 하는 건

    늙고 머리 흰 여편네나 하는 짓이죠.

    그래서 나는 벌거벗고 숫염소를 타고서

    이 멋진 육체를 보여주는 거예요.

귀부인

    내 품위상 너 같은 인간과 당장

    이 자리에서 이러쿵저러쿵 하긴 싫다.

    네가 지금 아무리 젊고 예뻐도

    너 역시 머지않아 썩어 문드러질 거야.

악단 지휘자

    파란 꼬리 파리와 푸른 파리야,

    벌거벗은 저 여자한테 한눈팔지 마라!

    나뭇잎 속 개구리와 풀숲의 귀뚜라미야,

    박자 좀 제발 맞춰라!

    (풍향기 한쪽을 바라보며)

정말 선남선녀들의 모임이야,
참으로 멋진 신붓감들이야!
총각들도 너 나 할 것 없이
장래가 촉망되는 젊은이들이야.
풍향기 반대쪽을 바라보며
이 땅이 입을 쩍 벌려서
저것들을 몽땅 삼키지 않으면
내 번개처럼 달려가 당장
지옥으로 뛰어내리련다.

크세니엔[106]

우리는 오늘 밤 곤충의 모습으로
작고 날카로운 앞발을 들고 왔어요,
우리의 주인어른이신 사탄[107]께
경의를 바치기 위해서 왔어요.

헤닝스[108]

저것 좀 봐! 녀석들이 떼를 지어
허튼 농담 짓거리나 하고 있군.
나중에 가서 무슨 말을 할지 뻔해,
다 자기들 잘났다는 거지 뭐.

뮤즈의 지도자[109]

나도 이 마녀들의 무리와 함께
흥청망청 마음껏 놀고 싶다.
마녀들이 훨씬 말을 잘 들을 것 같아,
뮤즈는 한 번도 그런 적이 없거든.

전 시대 정신[110]

연줄이 좋아야 출세를 하지.

내 옷자락을 잘 잡으라고!
　　브로켄 산의 꼭대기는 독일의
　　파르나스[111]처럼 위가 넓거든.

호기심 많은 나그네
　　저기 뻣뻣한 저 사람 이름이 뭐죠?
　　걸음걸이 한번 거만하군요.
　　킁킁대며 냄새를 맡는군요.
　　"예수회 교도를 찾고 있지요."[112]

두루미[113]
　　나는 맑은 물에서는 물론이고
　　흙탕물에서도 고기를 잡지요.
　　그러니 믿음이 깊은 사람이
　　악마와 어울리는 것도 보는 거죠.

현세주의자
　　믿음이 깊은 사람에게야 물론
　　모든 게 다 좋은 이용 기회지요.
　　그래서 이들은 브로켄 산에서도
　　이런저런 동아리를 만들지요.

무용수
　　저기 저건 새 합창단인가 보네요.
　　멀리서 북소리가 나는군요.
　　가만있게! 저 소리는 갈대밭에서
　　끼룩끼룩 우는 해오라기 소리라네.[114]

무용교사
　　저 다리 쳐드는 꼬락서니하고는!
　　모양새 한번 묘하군!

꼽추는 팔딱대고 뚱보는 껑충,
제 모양이 어떻든 말든.
바이올린 연주자
저 녀석들 대단한 원수지간이야.
상대를 죽이고 싶어 안달이지.
이곳에선 백파이프가 이들을 묶어주네,
오르페우스의 현금이 짐승들을 그랬듯이.
독단론자
나 같은 사람이 비판이나 회의 따위로
비명을 지르며 흔들릴까 보냐.
악마는 뭔가 실체가 있는 거야.
안 그러면 악마가 있다고 못 하지?
이상주의자
오늘 밤따라 이 마음속 상상력이
전혀 거칠 것이 없구나.
저 모든 게 내 마음속에 있는 거라면
나 오늘 바보가 되어도 좋다.
사실주의자
저것들이 있다는 게 정말 고통스러워,
저것들이 나를 화나게 만드는군.
내 생전 처음으로 이렇게
내 다리가 굳건하지 못한 걸 느껴.
초자연주의자
여기 있으니 정말 즐겁군,
이들과 어울리는 것도 좋고,
악마가 있으니 선령도 있다고

자신 있게 추론할 수 있잖아.

회의론자

저것들 불꽃의 뒤를 쫓고 있어,
저러면서 성배에 다가갔다고 믿지.
하지만 악마 하면 바로 의심하지.
나야말로 제대로 된 사람이야.

악단 지휘자

나뭇잎 속 개구리와 풀숲의 귀뚜라미야,
에라, 이놈의 아마추어들아!
파란 꼬리 파리와 푸른 파리야,
그래도 너희가 악사들이로다!

기회주의자들[115]

상수시[116]라고 하지요, 이들 팔자 좋은
사람들을 일러서 말입니다.
발로 더 걷지 못할 상황이면
머리로 걷는 게 좋은 법.

힘없는 이들[117]

예전에야 아첨질로 호의호식했지만
이제는 뭘 하며 살아야 하나?
늘 춤만 추고 지냈더니 신발도 떨어져
이젠 맨발로 다녀야 할 판국이라네.

도깨비불[118]

우리야 늪에서 오는 길이지요,
거기가 우리가 태어난 곳이오.
우리도 춤추는 무리에 끼어드니
금세 멋쟁이 제비가 되는군요.

별똥별

저 높은 곳에서 난 떨어졌어요,
별처럼, 불처럼 빛을 뿌리면서.
이제 숲에 쓰러져 있을 뿐이죠,
누가 나를 일으켜 세워줄래요?

덩치 큰 놈들[119]

비켜, 비키라고! 물러서라니까!
이런 풀밭 정도는 짓밟아 버리며
유령들이 다가온다, 유령들
팔다리가 통통하구나.

푸크

너무 거들먹대며 나서지 마라,
코끼리 새끼처럼 뒤뚱대지 마.
오늘 가장 덩치 큰 사람은
튼튼한 이 푸크니까.

아리엘

사랑스러운 자연이나 정신이
당신에게 날개를 선물하였다면,
나의 이 경쾌한 발자국을 따라
장미 언덕으로 오세요!

오케스트라 (아주 약하게)

구름도 안개의 베일도
산꼭대기부터 걷히네.
나뭇잎에, 갈대에 바람이 불어
모든 것이 흩날려 사라졌네.

우중충한 날, 들판

(파우스트, 메피스토펠레스)

파우스트

처절함 속에서! 절망하며! 너무도 불쌍하게 이 세상을 그리 오래 떠돌더니 이제 죄수가 되었어! 죄를 저지른 몸이 되어 지하 감옥에 갇혀 끔찍한 고통을 겪고 있어, 아, 불행에 빠진 내 사랑! 어쩌다가 그렇게 됐나! 어쩌다가! 이런 배신자 자식, 이런 비열한 악마! 나한테는 그 사실을 입도 벙긋하지 않더니만! 그래 놓고서 뻔뻔스레 거기 서 있는 거냐! 불만스레 대가리의 눈깔이나 데룩데룩 굴려봐라! 빌어먹을! 거기 그렇게 서 있으니 역겹고 꼴사납다! 그녀가 붙잡혔다고! 돌이킬 수 없는 고통 속에 빠졌어! 악령들과 냉혈한 재판관들의 손에 넘어갔다고! 그 동안 네 녀석은 천박한 짓거리로 내 마음을 다른 데로 돌려놓고 커져만 가는 그녀의 고통을 내게 숨겼어. 그렇게 해서 그녀가 처절하게 절망에 빠지도록 방치한 거야!

메피스토펠레스

그게 그 여자가 처음인 줄 아쇼?

파우스트

개자식! 이 더럽기 짝이 없는 괴물딱지 같은 녀석! 무한한 정령이여, 되돌려 놓아주시오, 이 벌레 같은 자식이 원래 지녔던 개의 모습으로 돌려놓아 주시오, 녀석은 밤만 되면 내 앞에 자주 나타나 종종대며 뛰어다녔고, 죄 없는 나그네의 발치에 와서 뒹굴다가 나그네가 넘어지면 어깨를 물고 늘어지곤 했지요. 이 녀석을 녀석이 애호하는 본디 모습으로 되돌려 줘요, 녀석이 바닥에 배를 대고 기어가면 내 이놈을 그냥 밟아버릴 수 있도록. 이 더러운 자식을 말이오! 아니 뭐, 그 여자가 처음인줄 아냐고! 오호, 슬프다! 슬퍼! 어찌 인간의 마음으로 이해할 수 있으랴, 그런 고통의 나락으로 떨어진 여자가 한둘이 아니라니! 모든 것을 다 용서해 주시는 분의 눈앞에서 겪은, 온몸이 뒤틀리는 그녀의 죽음의 고통으로도 다른 모든 여인들의 죄를 씻어내지 못한다니! 나는 이 한 여인의 고통만으로도 애간장이 찢어지는 것 같은데, 네 녀석은 수천의 여인들의 운명을 보고도 태연스레 웃고 있다니!

메피스토펠레스

결국 그러다 보니 우리는 다시 정신력의 한계에 이르렀네요. 이 지점에 이르면 당신들 인간들은 늘 이성을 잃어버려요. 감당할 능력도 안 되면서 뭣하러 우리와 손을 잡는 거요? 날고는 싶은데 현기증 때문에 겁이 난다는 격이네요. 대체 우리가 당신을 끌어들인 거요, 아니면 당신이 우리를 끌어들인 거요?

파우스트

나한테 대고 그딴 식으로 네 탐욕스런 주둥이를 놀리지 마! 구역질 난다! 내게 나타나곤 하던 오, 위대하고 숭고하신 정령이여, 당신은 내 마음을 그리도 잘 아시면서 왜 나를 이런 후안무치한 녀석의 노예가 되게 했나요? 이 녀석이야말로 남의 고통을 보며 즐기고 남의 파멸을 핥아먹는 놈인데요.

메피스토펠레스

할 말 다 한 거요?

파우스트

당장 그녀를 구해 내! 안 그러면 화를 당할 테니! 수천 년을 두고두고 넌 나의 끔찍한 저주에 시달릴 거다!

메피스토펠레스

벌을 내리는 분이 묶어놓은 사슬이나 빗장을 풀 재주가 내겐 없어요. 그녀를 구해 내라고요? 아니, 그 여자애를 파멸에 빠뜨린 게 대체 누구요? 나요? 아니면 당신이오?

(파우스트, 두리번거리며 사방을 훑어본다.)

메피스토펠레스

아니, 천둥의 창이라도 내던지려는 거요? 보잘것없는 유한한 목숨을 가진 인간들에게 그런 무기가 주어지지 않았으니 정말 다행이군요! 눈에 보이는 대로 아무나 순진한 사람을 박살 내는 거야 말로 폭군이 분풀이할 때 쓰는 방식이지요.

파우스트

나를 어서 데려가 줘! 내가 가서 직접 구해야겠어!

메피스토펠레스

어떤 위험에 처하게 될지는 잘 아시죠? 읍내에는 당신의 손으로 피를 부른 죄가 아직 그대로 남아 있다는 걸 알고 있는 게 좋을 거요. 죽임을 당한 사람이 있던 곳에는 복수의 유령이 떠돌면서 살인자가 돌아오기를 호시탐탐 노리고 있지요.

파우스트

내가 네놈한테서 그런 말까지 들어야 하냐? 살인과 죽음의 덩어리, 이 괴물 녀석아! 어서 나를 그리로 안내해, 어서 그녀를 구해 내라고!

메피스토펠레스

안내하죠. 하지만 잘 들어요! 내가 할 수 있는 일이 뭔지. 내가 하늘과 땅의 모든 권세를 마음대로 주무를 수 있다고 생각하나요? 내가 먼저 간수의 정신을 몽롱하게 해놓을 테니까, 당신은 간수에게서 열쇠를 빼앗아 인간의 손으로 직접 그녀를 밖으로 데리고 나와요. 내가 망을 볼 테니. 마법의 말을 준비해 놓고 기다리겠소. 당신들을 쥐도 새도 모르게 데려갈 거요. 그 정도는 내가 할 수 있지요.

파우스트

자, 그럼 가자고!

밤, 탁 트인 벌판

(파우스트와 메피스토펠레스,
검정말을 타고 바람처럼 달린다.)

파우스트
아니, 저기 처형장 주변에서 저것들은 뭘 하는 거지?
메피스토펠레스
죽을 끓이는 건지 뭘 하는 건지 난들 아나요.
파우스트
둥실 떴다가 가라앉았다가 머리를 숙이다가 허리를 구부리는군.
메피스토펠레스
마녀들의 집회군요.
파우스트
뭔가를 뿌리면서 주문을 외는군.
메피스토펠레스
어서 가요! 어서 가자고요!

감옥

파우스트 (열쇠 꾸러미와 등불을 든 채 작은 철문 앞에서)
　잊었던 두려움이 되살아나 나를 사로잡는다,
　인간이 겪는 온갖 고통이 내 가슴을 찌른다.
　바로 축축한 담벼락 안쪽에 그녀가 있어.
　그녀가 지은 죄는 뭔가 잘하려다 그런 걸 거야.
　그녀한테 가는 걸 너는 망설이고 있어!
　그녀를 다시 보는 게 두려운 게야!
　어서! 그렇게 우물쩍거리다가 그녀는 죽게 돼.
　(자물쇠를 움켜쥔다. 안에서 부르는 노랫소리가 들린다.)
　　우리 엄마는 창녀,
　　나를 죽였다네!
　　우리 아빠는 악당,
　　나를 냠냠 먹었다네!
　　내 어린 누이동생은
　　내 뼈를 주워 모아서
　　서늘한 곳에 두었네.

나는 숲 속의 어여쁜 새가 되었네.

날아가네! 날아가네!

파우스트 (문을 열면서)

사랑하는 사람이 엿듣고 있는 줄은 꿈에도 모를 거야,

쇠사슬은 철커덕거리고 지푸라기는 바스락대는군.

(감옥 안으로 들어선다.)

마르가레테 (지푸라기 침상에서 한쪽으로 물러나며)

아아! 그들이 온다. 냉혹한 죽음이 오고 있어!

파우스트 (나직한 소리로)

조용! 조용! 당신을 구하러 왔어요.

마르가레테 (그의 앞으로 몸을 끌고 가면서)

당신도 사람이라면 이 고통을 느껴야 해요.

파우스트

그렇게 소리치면 간수들 다 깨요!

(손으로 사슬을 잡고서 풀려 한다.)

마르가레테 (무릎을 꿇고서)

당신 같은 사형집행인에게 대체 누가

나를 마음대로 다룰 권한을 주었나요?

이런 한밤중에 나를 끌어내다니요.

자비를 베풀어 제발 나를 그냥 둬요!

내일 아침이어도 안 늦잖아요?

(일어선다.)

난 아직 이렇게 젊잖아요, 젊다고요!

그런데 벌써 죽어야 하나요?

난 얼굴도 예뻤어요, 그게 화근이 되었지만요.

곁에 남자친구가 있었지만 이젠 떠나버렸어요.

꽃다발은 뜯기고 꽃들은 흩어졌어요.
내 손을 너무 꽉 쥐지 마세요!
살살 좀 해요! 당신한테 뭘 잘못했다고.
나의 청을 흘려듣지 마세요.
나는 생전 당신을 본 적이 없어요!

파우스트
내 이런 고통을 어떻게 견디나!

마르가레테
자, 이제 당신 하고 싶은 대로 하세요.
어린것에게 젖이나 다시 물리게 해줘요.
한밤 내내 아이를 안고 있었지요.
사람들이 아이를 뺏어갔어요. 나를 괴롭히려.
이제 와선 내가 아이를 죽였다는 거예요.
행복을 다시 찾기는 글렀어요.
사람들은 나에 대한 노래를 불러요! 나쁜 사람들!
옛날이야기 중 그렇게 끝나는 게 있어요.
대체 누가 그렇게 부르라고 한 거죠?

파우스트 (털썩 주저앉으며)
사랑하는 사람이 당신 발치에 누워 있어요,
당신의 고통의 족쇄를 풀어주려고요.

마르가레테 (그 앞에 무릎을 꿇으며)
오, 함께 무릎을 꿇고 성자들께 간청해요!
보세요, 이 계단 밑에
이 문지방 밑에
부글부글 지옥이 들끓고 있어요!
악마가

비극 제1부

분노를 터뜨리며

울부짖고 있어요!

파우스트 (큰 소리로)

그레트헨! 그레트헨!

마르가레테 (귀를 기울이며)

아니, 이 소리는 그이의 목소리야!

(자리에서 벌떡 일어난다, 쇠사슬이 주루룩 쏟아진다.)

어디 있는 거지? 분명 그이의 목소리였어.

난 자유로워! 아무도 날 못 막아.

그이의 목으로 날아가

그이의 품에 안길 거야!

그이가 그레트헨 하고 불렀어! 문지방에 서 있었어.

지옥에서 울부짖고 덜거덕대는 소리,

격노한 악마의 조롱 소리 요란했지만

그이의 달콤한 목소리를 나는 분명 들었어.

파우스트

나요!

마르가레테

당신이야! 어서 다시 말해 봐요!

(그를 끌어안으며)

그이야! 그이라고! 고통이 다 어디로 갔지?

감옥의 공포, 쇠사슬의 공포도 어디로 갔지?

당신이군요! 저를 구하러 오신 거예요!

나는 살았어!

당신을 처음 보았던

거리 모습이 다시 보여요.

마르테 아주머니와 함께 당신을 기다렸던
홍겹기만 했던 정원도요.

파우스트 (서둘러 그곳을 뜨려 하며)
어서 가자고, 어서!

마르가레테
그냥 있어요!
어디든 당신만 있으면 되니까요!
(애무한다.)

파우스트
어서 서둘러요!
서두르지 않으면
우리 둘 다
큰 대가를 치를 거요.

마르가레테
왜 그러세요? 왜 키스를 못 하죠?
당신, 그 정도 서로 못 봤다고
키스하는 법도 잊은 거예요?
당신 품에 안겨 있는데도 왜 이리 불안하죠?
전엔 당신의 말 한 마디, 당신의 눈빛 하나에
온 하늘이 저를 감싸는 듯했고,
당신은 질식시킬 듯이 제게 키스를 퍼부었었죠.
어서 제게 키스해 줘요!
안 그러면 제가 키스를 하겠어요.
(그를 끌어안는다.)
아니 이런! 입술이 싸늘하네요,
아무 말도 안 하시는군요.

당신의 사랑은
어디로 간 거죠?
대체 누가 내 사랑을 빼앗아갔죠?
(그에게서 몸을 돌린다.)

파우스트

어서! 가자고! 내 사랑, 힘을 내요!
나중에 천 배는 더 뜨겁게 안아줄게요,
어서 가요! 이 말만 들어줘요!

마르가레테 (그를 향해 몸을 돌리며)

당신 맞나요? 정말로 당신 맞아요?

파우스트

그래, 나야! 어서 가자고!

마르가레테

당신이 제 쇠사슬을 풀어주고
저를 다시 품에 안고 있군요.
어찌 당신은 저를 꺼림칙하게 여기지 않죠?
당신이 구하려는 사람이 누군지나 아세요?

파우스트

어서! 어서! 벌써 밤이 물러나고 있소.

마르가레테

저는 어머니를 죽이고 아기를
물에 빠뜨려 죽인 사람이에요.
아기는 제 선물이자 당신 선물 아니던가요?
당신 선물. 아, 당신이군요! 믿기지 않아요.
손을 이리 내보세요! 정말 꿈이 아니군요!
사랑스러운 이 손! 아니, 그런데 손이 축축해요!

어서 닦아요! 제 생각으로는
　　손에 피가 묻은 것 같군요.
　　하느님 맙소사! 대체 무슨 짓을 한 거죠!
　　어서 칼을 집어넣어요.
　　어서요, 부탁이에요!

파우스트
　　그냥 둬요. 다 지난 일인걸.
　　당신이 나를 죽일 것 같군.

마르가레테
　　아니에요, 당신은 살아 있어야 해요!
　　묫자리에 대해 말해 드릴게요.
　　이 묫자리를
　　내일 당장 봐주셔야 해요.
　　어머니의 자리는 제일 좋은 곳으로 하고,
　　오빠는 바로 옆자리로 해주세요.
　　제 자리는 약간 옆쪽에 잡아주세요.
　　그렇다고 너무 동떨어진 곳은 말고요.
　　아기는 제 오른쪽 가슴에 안겨주세요.
　　그 밖에 아무도 제 곁에 누우면 안 돼요.
　　당신 곁에 바짝 붙어 누워 있던 일,
　　정말 달콤하고 소중한 행복이었어요.
　　그 행복을 다시는 누릴 수 없겠지요.
　　아무래도 제가 당신한테 매달리고
　　당신은 저를 밀쳐 내는 듯한 느낌이에요.
　　그래도 당신임에 틀림없어요. 착하고 어진 눈빛하며.

파우스트
자, 이제 다 확인했으니까, 어서 나가요!
마르가레테
밖으로요?
파우스트
저 탁 트인 곳으로.
마르가레테
무덤이 저 바깥에 있다면,
죽음이 숨어 기다리고 있다면, 어서 가요!
이곳을 떠나 영원한 안식처로 가지요.
난 한 걸음도 안 떼어놓을래요.
당신은 어서 가세요. 오, 하인리히, 나도 가고 싶지만!
파우스트
당신은 할 수 있어! 원하기만 하면! 문도 열려 있으니.
마르가레테
전 안 갈래요. 아무 희망도 없는걸요.
도망친들 뭐하겠어요? 사람들이 다 절 노리는 판에.
구걸하며 살기는 싫어요.
양심의 가책까지 느끼며 구걸하는 건 더욱!
낯선 땅을 헤매는 것은 정말 비참해요.
그래 봤자 결국엔 잡히고 말걸요.
파우스트
나도 여기 남을 거요.
마르가레테
어서 서둘러요! 서두르세요!
당신의 가엾은 아기를 구해야 해요.

어서요! 냇물을 따라 난
길로 곧장 올라가서,
외나무다리를 건너
숲으로 들어가면
왼편에 나무울타리가 쳐진
연못이 있어요, 거기예요.
아이를 붙잡아야 해요!
물속에 빠지지 않으려고
아직 허우적대고 있어요!
아이를 구해 줘요! 구해 줘요!

파우스트

정신 좀 차려요!
한 걸음만 떼면 당신은 자유의 몸이야.

마르가레테

저쪽 산길로 한번 가봤으면 좋겠어요!
거기 바위에 어머니가 앉아 있어요.
뭔가 차가운 것이 제 머리칼을 잡아당겨요!
거기 바위에 어머니가 앉아서
머리를 흔들고 있어요.
손짓도, 고갯짓도 안 해요, 머리가 무거워서 그래요.
어머니는 잠들었어요, 다시는 깨어나지 않았지요.
우리가 즐기도록 잠들어 주신 거죠.
우리는 정말 행복한 시간을 보냈어요.

파우스트

이런 말 저런 말 다 안 통하니
들쳐 업고 가는 수밖엔 없겠군.

마르가레테

　저를 내버려 두세요! 억지로 그러지 마세요!

　살인자처럼 그렇게 나를 붙잡지 마세요!

　여태껏 당신 원하는 대로 다 해드렸잖아요.

파우스트

　날이 밝고 있어! 어서! 어서!

마르가레테

　날! 그래요, 날이 밝는군요! 최후의 날이 시작되네요.

　나의 결혼식 날로 삼을 거예요!

　아무한테도 그레트헨과 잤다고 말하지 마세요.

　안타까워요, 나의 꽃다발!

　이미 끝나 버린 일이죠!

　우리 다시 만나게 되겠죠,

　춤추는 곳이 아니어도요.

　사람들이 우글거려요, 소리는 안 나지만.

　광장과 골목길,

　사람들 천지군요.

　종이 울리고 막대기는 부러지네요.[120]

　사람들이 나를 묶고 움켜잡네요!

　단두대에까지 끌려왔군요.

　내 목덜미를 때릴 칼날의

　날카로움을 벌써 다들 느끼네요.

　세상은 무덤 속처럼 조용하군요!

파우스트

　난 태어나지 말았어야 해!

메피스토펠레스 (바깥에 나타난다.)

  우물쭈물하다가 다 끝장나요.

  괜히 꾸물거리는군요! 우물대며 뭐 그리 할 말이 많은지!

  동녘이 밝아오니

  내 말들이 바르르 떨고 있어요.

마르가레테

  저기 바닥에서 솟구친 게 뭐죠?

  바로 그 녀석이야! 녀석을 어서 쫓아버려요!

  이 성스러운 곳에 저 녀석이 무슨 볼일이죠?

  저를 원하는 거예요.

파우스트

  당신은 살아남아야 해!

마르가레테

  하느님의 법정이여, 하느님의 처분에 저를 맡깁니다!

메피스토펠레스 (파우스트에게)

  자, 어서! 서둘러요! 안 그러면 그냥 둘 다 버릴 거요.

마르가레테

  이 몸은 당신 거예요, 아버지시여! 이 몸을 구원해 주소서!

  그대들 천사들이여! 성스러운 무리여,

  이 몸을 에워싸서 지켜주소서!

  하인리히, 당신은 저를 두렵게 해요.

메피스토펠레스

  그 여자는 심판받았소!

목소리 (위쪽에서)

  구원받았다!

메피스토펠레스　(파우스트에게)

　자, 이쪽으로 와요!

　(파우스트와 함께 사라진다.)

목소리　(안쪽에서 들려오며, 점점 희미해지면서)

　하인리히! 하인리히!

　　　　　　　　　　　　　(2권으로 이어집니다.)

옮긴이 주

1) 시적인 창작을 위한 상상.
2. 괴테의 친구들 중 일찍 죽은 사람들뿐만 아니라 그의 눈길에서 멀어진 이들을 말함.
3. 괴테는 평생 주변 사람들에게 『파우스트』의 일부를 읽어주곤 했다. 주로 초창기에 쓴 부분들이 이에 해당한다. 이를테면 그의 여동생 코르넬리아, 메르크, 렌츠, 침머만 같은 사람들은 괴테가 이 「헌시」를 썼을 당시 더 이상 이 세상 사람이 아니었다.
4) 바이마르에서는 연극이 5시 반이나 6시에 시작되었다.
5) 바람소리나 천둥소리를 내는 장치.
6) 무대장치로 사용하는 해와 달을 말함.
7) 프톨레마이오스나 코페르니쿠스의 세계상이 아닌 피타고라스의 천문 이론에 근거한 시각이다. 이에 따르면 지구와 해는 다른 여덟 개의 별들과 정해진 궤도를 따라 돌며, 이때 엄청난 소리가 난다는 것이다. 이것을 노래로 자웅을 겨루는 것으로 표현하고 있다.
8) 인간을 말한다.
9) 성경 「욥기」 1장 8절 참조. "여호와께서 사단에게 이르시되 네가 내 종 욥을 유의하여 보았느냐."
10) 「창세기」에서 이브를 유혹한 뱀을 이름.
11) 신에게서 떨어져 나와 나락으로 추방된 천사들과 구별되는 다른 존재들. 메피스토펠레스 역시 이런 타락한 천사들 중의 하나이다.
12) 신적인 기운.
13) 파우스트는 중세 대학에서 다룬 네 가지 주요 학문을 다 공부했다.
14) 뉴턴의 중력의 법칙을 암시한다.
15) 스웨덴의 신비주의자 스베덴보리(1688~1772)를 말한다.
16) 이렇게 대우주의 기회를 들여다보는 파우스트의 태도 뒤에는 모든 학문을 하

나로 종합하려는, 16~18세기의 신비적 자연철학적 운동인 범지학이 자리하고 있다.
17) 「창세기」 28장 12절의 야곱의 꿈("꿈에 본즉 사닥다리가 땅 위에 섰는데 그 꼭대기가 하늘에 닿았고 또 본즉 하나님의 사자가 그 위에서 오르락내리락하고")과 호메로스에 등장하는 황금의 사슬을 암시한다. 당시의 세계상은 세계가 수직으로 구성되어 있다는 것이었다.
18) 당시의 세계는 아래쪽이 울리면 위쪽까지 울리는 현금과 같다.
19. 「창세기」 1장 27절 참조. "하나님이 자기 형상 곧 하나님의 형상대로 사람을 창조하시되."
20) 1773년에 계몽주의 신학자 카를 프리드리히 바르트(1741~1792)는 견습 중에 있는 목사는 배우한테서 설교하는 법을 배우라고 요구했다.
21) 다른 사람들이 해놓은 명연설을 이어 붙여서 자기 것처럼 말하는 것을 빗댄 말이다.
22) 중세의 광대는 모자에 달린 방울을 요란하게 흔들며 익살을 부렸다.
23) 여기서 파우스트의 조교 바그너는 문헌학자로서 르네상스의 인문주의자들이 추구했던 고전 문헌의 이해와 정본의 파악을 염두에 두고 있으며 그것을 이루기 위해서는 어학적 지식과 역사적 지식이 필요함을 역설하고 있다.
24) 17세기 이후로 쓰였던 관용구. 있는 사실을 미화하지 않고 있는 대로 분명하게 말하는 것을 뜻한다.
25) 천사의 서열상으로 케루빔은 다른 대천사들보다 신에게 더 가까이 있다. 케루빔의 명칭은 '충만한 인식'을 뜻한다.
26) 지령을 말함.
27) 과거의 일을 뜻한다. 이를테면 거대한 우주를 조망하거나 지령을 불러내는 것.
28) 파우스트의 서재에 있는 짐승의 해골을 말한다.
29) 자연과학의 힘을 빌어도 자연의 깊은 비밀을 알 수 없다는 한탄.
30) 자살을 결심한 파우스트의 심정을 반영하는 구절.
31) 성경의 엘리야의 승천을 비유한 말. 성경에 따르면 엘리야만이 살아서 하늘나라로 올라갔다고 한다. 「열왕기하」 2장 11절 "홀연히 불수레와 불말들이 두 사람을 격하고 엘리야가 회리바람을 타고 승천하더라." 참조.
32) 지옥의 문.
33) 예수의 부활을 알리는 복음서의 내용을 암시한다. 「마태복음」 2장, 「마가복

음」 16장, 「누가복음」 24장, 「요한복음」 20장 참조.

34) 신과 선택된 민족인 유대민족 사이의 옛 약속에 해당하는 것으로 예수에 의해 신과 맺어진 약속을 말한다.

35) 유대교식으로는 안식일(토요일)이지만, 여기서는 기독교의 부활절 일요일을 말한다.

36) 부활절 때 하는 놀이를 말함.

37) 성 안드레아스의 축일(11월 29일) 밤에 이 성자상(像) 앞에서 수정에 비추어 보면 미래의 애인을 볼 수 있다는 마술.

38) 남자의 성기를 연상시키는 말.

39) 연금술사들의 실험실.

40) 붉은 산화수은.

41) 흰 염산.

42) 증류기, 레토르트.

43) 연금술사들이 불로 가열하여 만들어낸 찬란한 빛의 산화수은을 말한다.

44) 저녁 해를 말함.

45) 여기서 바그너는 스승 파우스트가 도에 넘치는 요구를 하고 있음을 알아챈다.

46) 인간에게 위해를 가하는 각종 질병과 재앙을 말한다.

47) 파우스트와 관련된 옛 자료에는 악마가 대체로 개의 형상으로 등장한다.

48) 괴테 시대에는 모범생을 길들여진 개에 비유했다.

49) 16세기 이후로 많은 필사본으로 알려졌던 솔로몬 왕의 주술서. 유령을 불러내고 이들과 교류를 할 때 필요한 책으로, 파라켈수스 등이 언급한 바 있다. 18세기까지 쓰였다.

50) 각각 사대원소의 하나를 이르며, 살라만더는 불의 정령, 운디네는 물의 정령, 질페는 바람의 정령이다. 코볼트는 땅의 정령으로 땅속의 보물을 캐기 위해서는 노고를 해야 한다.

51) 「열왕기하」 1장 2절에 나오는 에그론의 신 바알세붑을 말함. '파리의 제왕, 파괴자, 사기꾼'은 바알세붑의 히브리어 뜻을 글자 그대로 옮긴 것이다.

52) 지옥의 업화(業火)를 말함.

53) 마귀를 쫓는 부적. 별 모양 표식이다.

54) 파우스트가 「밤」 장면에서 자살을 하려다 부활절 종소리를 듣고 자살을 포기한 사실을 노골적으로 암시한다.

55) 파우스트는 기독교의 기본 덕목인 믿음, 소망, 사랑에 대해 저주를 하고 있다.
56) 로마법의 확산을 암시한 말.
57) 법이 시대를 따라 제대로 적응하지 못하고 인간을 오히려 억압하는 것을 뜻한다.
58) 인간이 태어나면서 보편적으로 갖는 자연적 권리를 뜻한다.
59) 이단과 정통신학의 구분이 어려움을 암시하는 말.
60) 도그마화된 신학에 대한 비판이다.
61) 18세기까지만 해도 의사는 남자만 했으며 여자들은 옷을 입은 채로 진료를 받았다.
62) 「창세기」 3장 5절, 뱀의 유혹에 넘어가 이브가 선악과를 따 먹는 구절.
63) 여기의 외투는 열기구를 말한다. 1783년 프랑스의 몽골피 형제는 천을 꿰매 만든 열기구를 띄우는 데 성공했다. 괴테 역시 큰 관심을 보인 바 있다. "우리도 바이마르에서 몽골피식 열기구를 띄워보았다."
64) 18세기엔 라이프치히를 '작은 파리'로 불렀다.
65) 악마는 한쪽 다리가 말의 다리라는 민속설화를 암시함.
66) '한스 아르슈 폰 리파흐'는 18세기에 널리 퍼졌던 욕설 조의 별명이다.
67) 달콤한 포도주로 유명한 헝가리 도시.
68) 「마태복음」 8장 28절 이하. "예수는 귀신들에 사로잡힌 사람들에게서 귀신들을 쫓아내니 귀신들은 마침 돼지 떼 속으로 들어갔고 돼지들은 바다에 뛰어들어 모두 죽었다."
69) "다른 책"은 바이마르 궁전의사 크리스토프 빌헬름 후페란트의 『인간의 수명을 연장시키는 법』을 지칭하는 것으로 보이며 "놀라운 장"은 이 책에 나오는 「전원 및 원예생활」과 관련된다.
70) 프랑스 혁명을 암시한다.
71) 혁명에 의해 왕관이 조각난 상황에서 사람들은 자신의 생각을 밝히기도 하고 전개 과정을 지켜보고, 남의 이야기에 귀를 기울이고, 스스로도 의견을 말한다.
72) 전통적으로 악마가 데리고 다니는 짐승.
73) 이런 마녀의 구구단을 사람들은 중세 신비주의 저술이나 카발라 등을 기초로 하여 해석해 보려 했으나 다 실패로 끝나고 말았다. 괴테는 이런 마녀의 구구단이 아무 의미가 없음을 편지에서 밝힌 바 있다.
74) 여기에는 기독교의 삼위일체설에 대한 괴테의 비판적 사고가 개입되어 있다.

75) 앞에 나온 마르가레테의 애칭.
76) 당시에는 과부가 재혼을 하려면, 교회의 명부와 사망기록부에 의거하여 명망 있는 목사가 발급한 증명서가 반드시 필요했다.
77) 예쁜 아가씨가 그에게 매독을 옮겼음을 뜻한다. 매독은 '나폴리의 병'이라고도 한다.
78) 구약 중 「아가서」 4장 5절의 "네 두 유방은 장미넝쿨 아래서 풀을 뜯는 노루새끼 같구나."라는 구절에 기반을 두었지만, 아무튼 에로틱한 것을 염두에 두었음은 분명하다.
79) 옛 풍습에 따르면 정조를 지킨 신부는 화환을 들 수 있지만, 처녀성을 잃은 신부의 문 앞에는 잘게 썬 여물을 뿌렸다.
80) 여기서 쥐 잡이는 실제 쥐 잡는 사내가 아니라 처녀를 꾀는 남자를 말한다.
81) 먼지떨이는 그냥 장식으로 가지고 다니는 검을 우스꽝스럽게 표현한 것이다.
82) 16세기에 있었던 프랑크푸르트 경찰칙령에 따르면 창녀는 금목걸이나 도금한 목걸이를 할 수 없으며 교회에서도 좌석에 앉을 수 없었다.
83) 파우스트가 그레트헨에게 건네준 수면제를 먹고 죽은 그레트헨의 어머니는 아무런 종교의식을 받지 못하고 죽었으므로 정죄의 불길로 '기나긴 고통'을 겪어야 한다.
84) 옆에 있는 여자에게 향수병을 좀 달라고 한 마르가레테의 말은 18세기에 유행했던 풍습을 보여준다. 당시 여자들은 정신이 혼미해질 때 향수를 맡곤 했다.
85) 4월 30일에서 5월 1일로 넘어가는 밤을 이르며, 이때 하르츠 지방의 전설에 따르면 마녀들이 브로켄 산으로 가서 축제를 벌인다고 한다. 동시에 발푸르기스의 밤은 상징적으로 악마의 공간을 지칭한다.
86) 원문의 '마몬(Mammon)'은 황금의 신을 말한다.
87) 저지독일어로 악마를 일컫는 말.
88) 마녀들의 음탕한 행동을 표현하기 위해 등장한 인물. 본래 이름은 Vulva와 연관된다. 그리스 신화에서 대지의 여신 데메테르의 유모이다.
89) 브로켄 산에서 북동쪽으로 6킬로미터 떨어진 고장.
90) 남녀의 성적인 관계를 암시한 표현.
91) 마녀들과 마법사 남자들의 합창.
92) 괴테가 공부한 민간전설에 따르면, 마녀들이 안식일 축제에 빗자루를 타고 날아가려면 관자놀이와 겨드랑이 그리고 성기에 고약을 발라야 한다.

93) 예전에 악마를 지칭하던 명칭.
94) 유대인 전설에서 악녀로서 성적으로 남자를 호리며 어린아이를 죽이는 살인마이다.
95) 욕설적인 말을 집어넣어 괴테가 독특하게 만든 말. 이 표현은 『젊은 베르테르의 슬픔』을 조롱한 프리드리히 니콜라이를 비꼰 것이다. 이 사람은 집요한 계몽주의자로서 미신이나 귀신의 존재를 거부했다.
96) 프리드리히 니콜라이의 여행 벽은 유명하다.
97) 니콜라이의 주장에 따르면 뇌에 울혈이 있는 사람에게 유령의 모습이 나타나며, 이를 치유하기 위해서는 거머리가 엉덩이의 울혈을 빨아 먹게 해야 한다는 것이다. 괴테에 의해 '엉덩이 심령술사'라는 꼬리표가 붙은 것도 이런 맥락에서 이해 가능하다.
98) 교수형을 당해서 목에 생긴 자국을 말함.
99) 그리스 신화에서 메두사의 목을 자른 영웅.
100) 요제프 2세가 '인류에게 바친' 빈의 놀이공원.
101) 미딩은 바이마르 아마추어 극장의 무대장치 담당자. 그의 '아들'들은 오늘 따라 아마추어들이 모든 일을 맡아서 하므로 할 일이 없다.
102) 셰익스피어의 「한여름 밤의 꿈」에 나오는 요정의 왕.
103) 「한여름 밤의 꿈」에 나오는 장난꾸러기 꼬마 요정.
104) 셰익스피어의 「폭풍」에 나오는 공기의 요정.
105) 오베론과 다시 화해한 「한여름 밤의 꿈」에 나오는 요정의 여왕.
106) '크세니엔'이란 격언조로 풍자적 내용을 담은 2행시로 여기서는 괴테와 실러가 함께 쓴 풍자 시집의 제목이다. 작가와 지식인들을 벌레에 비유하여 이들의 무능함과 위선을 고발한다.
107) 여기의 사탄은 파리, 개구리, 빈대, 이의 주인인 메피스토이다.
108) 아우구스트 폰 헤닝스는 괴테와 실러에 대해 비판적인 언급을 한 거의 무명의 문인이다.
109) 헤닝스가 발행한 잡지 『시대정신』의 부록 표제이다.
110) 헤닝스가 발행한 잡지 『시대정신』은 1801년에 표제를 바꾸었다.
111) 그리스의 뮤즈의 산 이름. 이에 빗대어 독일 문단에서 성공을 하려면 연줄이 어떤 작용을 하는지 보여준다.
112) 이 행은 위의 물음에 대한 다른 사람의 답변이다.

113) 요한 카스파르 라바터를 지칭한 것. 괴테는 그를 두루미처럼 진실과 거짓 사이에서 갈지자를 걷는 인간으로 평한 바 있다.
114) 앞의 두 행과 뒤의 두 행의 화자는 각각 다르다. 앞의 두 행에 대한 답변이 뒤의 두 행이다.
115) 프랑스 혁명 후 자신들의 신념을 내팽개치고 유리한 당파에 붙어 이익만을 추구한 자들을 지칭한다.
116) '상수시(sanssouci)'는 본디 독일의 프리드리히 2세가 지은 궁정 이름이지만 프랑스어로 '근심 없는' 이라는 뜻이다.
117) 프랑스 혁명 전에는 궁중에서 높은 지위를 차지했던 고관들로 혁명 후 프랑스 국경을 넘어 독일로 건너온 사람들을 지칭한다.
118) 프랑스 혁명을 계기로 벼락출세한 사람들을 말한다.
119) 닥치는 대로 짓밟는 폭도들을 지칭한다.
120) 당시에 죄수 앞에서 이제 목숨은 끝났고 영원한 재판관에게 목숨은 넘어갔다는 뜻으로 재판관이 막대기를 부러뜨렸다고 한다.

PENGUIN CLASSICS

유토피아 토머스 모어
서문 폴 터너/류경희 옮김

젊은 베르테르의 슬픔 괴테
김재혁 옮김/작품해설 마이클 헐스

크로이체르 소나타 레프 톨스토이
서문 도나 터싱 오윈/이기주 옮김

동물농장 조지 오웰
서문 맬컴 브래드버리/최희섭 옮김

좁은 문 앙드레 지드
이혜원 옮김·작품해설

성 프란츠 카프카
홍성광 옮김·작품해설

도리언 그레이의 초상 오스카 와일드
서문 로버트 미갤/김진석 옮김

노생거 수도원 제인 오스틴
임옥희 옮김/작품해설 매럴린 버틀러

인간의 대지 생텍쥐페리
허희정 옮김/작품해설 윌리엄 리스

위대한 개츠비 스콧 피츠제럴드
서문 토니 태너/이만식 옮김

벤자민 버튼의 시간은 거꾸로 간다
스콧 피츠제럴드 서문 오도넬/박찬원 옮김

아가씨와 철학자 스콧 피츠제럴드
서문 오도넬/박찬원 옮김

홍길동전 허균
정하영 옮김·작품해설

금오신화 김시습
김경미 옮김·작품해설

소송 프란츠 카프카
홍성광 옮김·작품해설

지하로부터의 수기 도스토옙스키
조혜경 옮김·작품해설

이탈리아 기행 괴테
홍성광 옮김·작품해설

첫사랑 이반 투르게네프
서문 빅터 S.프리쳇/최진희 옮김

차라투스트라는 이렇게 말했다
니체 서문 홀링데일/홍성광 옮김

별에서 온 아이 오스카 와일드
서문 이언 스몰/김전유경 옮김

고독의 우물 래드클리프 홀
임옥희 옮김·작품해설

오페라의 유령 가스통 르루
홍성영 옮김

기쁨의 집 이디스 워튼
서문 신시아 그리핀 울프/최인자 옮김

데이지 밀러 헨리 제임스
서문 데이비드 로지/최인자 옮김

이반 일리치의 죽음 레프 톨스토이
서문 앤서니 브리스/박은정 옮김

대위의 딸 푸시킨
심지은 옮김·작품해설

군주론 니콜로 마키아벨리
서문 앤서니 그래프턴/권기돈 옮김

지킬 박사와 하이드 스티븐슨
서문 로버트 미갤/박찬원 옮김

PENGUIN CLASSICS

주홍 글자 너새니얼 호손
김지원, 한혜경 옮김·작품해설

채털리 부인의 연인 D. H. 로렌스
서문 도리스 레싱/최희섭 옮김

톰 소여의 모험 마크 트웨인
서문 존 실라이/이화연 옮김

로빈슨 크루소 대니얼 디포
서문 존 리체티/남명성 옮김

야간 비행·남방 우편기 생텍쥐페리
서문 앙드레 지드/허희정 옮김

광막한 사르가소 바다 진 리스
서문 앤절라 스미스/윤정길 옮김

전원 교향악 앙드레 지드
김중현 옮김·작품해설

인상과 풍경 로르카
엄지영 옮김·작품해설

논어 공자
논어집주 주자/최영갑 옮김·작품해설

크리스마스 캐럴 찰스 디킨스
서문 마이클 슬레이터/이은정 옮김

켈트의 여명 윌리엄 버틀러 예이츠
서혜숙 옮김·작품해설

피터 팬 제임스 매튜 배리
서문 잭 자이프스/이은경 옮김

드라큘라 브램 스토커
서문 프레일링/박종윤 옮김·작품해설 힌들

1984 조지 오웰
서문 벤 픔롯/이기한 옮김

자유론 존 스튜어트 밀
서문 거트루드 힘멜파브/권기돈 옮김

오만과 편견 제인 오스틴
서문 비비엔 존스/김정아 옮김

대위의 딸 푸시킨
심지은 옮김·작품해설

한밤이여 안녕 진 리스
윤정길 옮김·작품해설

세월의 거품 보리스 비앙
이재형 옮김/작품해설 질베르 페스튀로

그렌델 존 가드너
김전유경 옮김·작품해설

7인의 미치광이 로베르토 아를트
엄지영 옮김·작품해설

왕자와 거지 마크 트웨인
남문희 옮김·작품해설 제리 그리스월드

소공녀 프랜시스 호즈슨 버넷
곽명단 옮김·작품해설 크노이플마커

헨리와 준 아나이스 닌
홍성영 옮김

셜록 홈즈 : 주홍색 연구 코난 도일
남명성 옮김·작품해설 이언 싱클레어

퀴어 윌리엄 버로스
조동섭 옮김

정키 윌리엄 버로스
서문 올리버 해리스/조동섭 옮김

모피를 입은 비너스 자허마조흐
김재혁 옮김·작품해설

PENGUIN CLASSICS

오셀로 윌리엄 셰익스피어
서문 톰 매캘링던/강석주 옮김

맥베스 윌리엄 셰익스피어
서문 캐럴 칠링턴 러터/김강 옮김

코·외투·광인일기·감찰관 고골
서문 로버트 맥파이어/이기주 옮김

알렉산드리아 사중주 : 저스틴
로렌스 더럴 권도희 옮김

알렉산드리아 사중주 : 발타자르
로렌스 더럴 권도희 옮김

알렉산드리아 사중주 : 마운트올리브
로렌스 더럴 김종식 옮김

알렉산드리아 사중주 : 클레어
로렌스 더럴 권도희 옮김

셜록 홈즈: 바스커빌 가문의 개 코난 도일
남명성 옮김/작품해설 크리스토프 프레일링

사랑에 관하여 안톤 체호프
안지영 옮김·작품해설

이상한 나라의 앨리스 루이스 캐럴
서문 휴 호턴/이소연 옮김/존 테니얼 삽화

거울 나라의 앨리스 루이스 캐럴
주해 휴 호턴/이소연 옮김/존 테니얼 삽화

햄릿 셰익스피어
서문 앨런 신필드/노승희 옮김

제인 에어 샬럿 브론테
서문 스티비 데이비스/류경희 옮김

목요일이었던 남자 체스터턴
김성중 옮김·작품해설

리어 왕 셰익스피어
서문 키어넌 라이언/김태원 옮김

메피스토 클라우스 만
오용록 옮김·작품해설

가든파티 캐서린 맨스필드
서문 로나 세이지/한은경 옮김

공산당 선언 마르크스, 엥겔스
서설 개레스 스테드먼 존스/권화현 옮김

80일간의 세계 일주 쥘 베른
서문 브라이언 앨디스/이효숙 옮김

무도회가 끝난 뒤 레프 톨스토이
박은정 옮김·작품해설

월든 헨리 데이비드 소로
서문 마이클 마이어/홍지수 옮김

허클베리 핀의 모험 마크 트웨인
백낙승 옮김·작품해설

인간 불평등 기원론 장 자크 루소
김중현 옮김·작품해설

사회계약론 장 자크 루소
김중현 옮김·작품해설

정글북 러디어드 키플링
서문 대니얼 칼린/남문희 옮김

감정교육 귀스타브 플로베르
서문 제프리 월/김윤진 옮김

레 미제라블 위고
이형식 옮김

더블린 사람들 제임스 조이스
서문 테렌스 브라운/한일동 옮김

PENGUIN CLASSICS

말테의 수기 릴케
김재혁 옮김·작품해설

낙원의 이편 스콧 피츠제럴드
서문 오도넬/박찬원 옮김

마지막 잎새 오 헨리
서문 가이 대번포트/최인자 옮김

고흐의 편지 빈센트 반 고흐
서문 로날트 데 레이우/정진국 옮김

자기만의 방 버지니아 울프
서문 미셸 배럿/이소연 옮김

죽은 아버지 도널드 바셀미
김선형 옮김·작품해설

타임머신 허버트 조지 웰스
서문 마리나 워너/한동훈 옮김

비의 왕 헨더슨 솔 벨로
이화연 옮김

시학 아리스토텔레스
머리말 토도로프/서문 뒤퐁록, 랄로/김한식 옮김

허조그 솔 벨로
이태동 옮김·작품해설

작은 아씨들 루이자 메이 올컷
서문 일레인 쇼월터/유수아 옮김

오기 마치의 모험 솔 벨로
이태동 옮김·작품해설

쟈디그·깡디드 볼떼르
이형식 옮김·작품해설

목로주점 에밀 졸라
윤진 옮김·작품해설

반짝이는 것은 모두 오 헨리
최인자 옮김

카르멘 프로스페르 메리메
송진석 옮김·작품해설

어느 영국인 아편 중독자의 고백
토머스 드 퀸시 서문 헤이터/김명복 옮김

사랑의 사막 프랑수아 모리아크
최율리 옮김

테레즈 데케루 프랑수아 모리아크
서문 장 투조/조은경 옮김

독을 품은 뱀 프랑수아 모리아크
최율리 옮김

밤의 종말 프랑수아 모리아크
조은경 옮김

그림 동화집 그림 형제
서문 데이비드 루크/홍성광 옮김·작품해설

벨아미 기 드 모파상
윤진 옮김·작품해설

안나 카레니나 레프 톨스토이
서문 리처드 피비어/윤새라 옮김·작품해설

사물들 조르주 페렉
김명숙 옮김·작품해설

대학·중용 자사, 주희
대학장구, 중용장구 주자/최영갑 옮김·작품해설

W 또는 유년의 기억 조르주 페렉
이재룡 옮김·작품해설

슬리피 할로의 전설 워싱턴 어빙
권민정 옮김